KB121466

Taming Master

테이밍마스터

테이밍 마스터 26

2018년 4월 18일 초판 1쇄 인쇄
2018년 4월 23일 초판 1쇄 발행

지은이 박태석
발행인 이종주

기획 팀 이기헌 왕소현 박경무 이승제
책임 편집 최이슬

발행처 (주)로크미디어
출판등록 2003년 3월 24일
주소 서울시 마포구 성암로 330 DMC첨단산업센터 3층 314호
Tel (02)3273-5135 **Fax** (02)3273-5134
홈페이지 rokmedia.com **E-mail** rokmedia@empas.com

값 8,000원

ISBN 979-11-294-6283-1 (26권)
ISBN 979-11-5960-986-2 04810 (세트)

26

Taming Master

| 박태석 게임 판타지 장편소설 |

테이밍마스터

CONTENTS

완벽한 파티 플레이

영웅의 마을 대규모 업데이트 공지가 뜬 이후, 전 세계 카일란 유저들의 관심은 이 업데이트에 집중되었다.

그도 그럴 것이, 카일란 세계 서버가 열린 기념비적인 업데이트이기 때문이었다.

그리고 살짝 공개된 콘텐츠들의 내용이 흥미로웠던 것은 덤이었다.

하지만 막상 업데이트가 끝나고 서버가 오픈되고 나자, 불같이 타오르던 관심들은 살짝 사그라졌다.

아니. 사그라졌다고 하기보단, 일시적으로 그렇게 '보였다'는 것이 맞는 표현일 것이다.

용사의 마을 콘텐츠 자체가, 최상위 0.001퍼센트 유저들을 위한 것이었고, 때문에 일반 카일란 유저들은 접근조차 불가능했으니 말이다.

물론 본인이 직접 플레이할 수 없더라도, '스타 플레이어'들의 플레이에 열광하는 유저들은 많다.

상위 랭커들의 행보는 항상 모든 유저들의 이목을 집중시키니까.

그러나 문제는, 유저들이 그들의 플레이를 보고 싶어도 아직 볼 수 있는 창구가 없다는 것이었다.

전 세계 모든 상위 길드에서 신규 콘텐츠와 관련된 정보를 전부 극비로 다루었기 때문에, 그 어떤 매체에도 업데이트와 관련된 내용들이 새어 나가지 않은 것이다.

물론 신규 콘텐츠에 대한 궁금증을 참지 못하고, 커뮤니티에 불만 어린 게시물을 올리는 유저들도 있었다.

─아, 거 참 대리만족이라도 좀 합시다. 분명히 영웅의 길 트라이한 랭커들 많을 텐데, 정보 좀 공유해 줘요!

─님, 님 같으면 정보 공유 하겠음? 지금 얼마나 중요한 시간인데……. 아마 상위 길드들 전부 콘텐츠 선점하려고 이를 악물고 게임하고 있을 걸요?

─맞아요. 지금은 좀 궁금해도 참고 기다려야 합니다. 한국 서버 길드들이 세계 랭킹 순위권 싹 쓸어 담길 기다려야죠.

─캬, 생각만 해도 짜릿하네. 국뽕에 취한닷……!

-하……. 그래도 콘텐츠는 궁금한데ㅠㅠ

-정 콘텐츠가 궁금하시면 여기서 이럴 게 아니라, 카일란 본사를 쪼러 가세요.

-네? LB사를요? 뭐라고 쪼는데요?

-빨리 YTBC같은 메이저 게임 채널에, 영웅의 마을 관련 콘텐츠 좀 오픈해 달라고요. 하다못해 전투 영상이라도 추려다가 방영해 주면…….

-오, 그거 괜찮네요.

-크으, 그럼 진짜 좋겠네요. 아예 정규 방송 코너로 편성되었으면 좋겠어요.

-그거 되기만 하면 아마 시청률 폭발할 듯.

뭔가 신규 콘텐츠에 대해 토론의 장이 열리려고 하다가도, 공개적으로 풀린 내용이 없으니 할 이야깃거리가 없는 상황.

그러나 정확히 업데이트 다음 날 아침이 되자, 살짝 잦아들었던 대규모 업데이트의 화제성은 미친 듯이 폭발하기 시작했다.

그리고 그것은, 다름 아닌 LB사의 공식 홈페이지로부터 시작되었다.

유저들과의 거의 모든 소통이 카일란 공식 커뮤니티를 통해 이어지다 보니 평소에는 방문자조차 얼마 되지 않는 LB사의 공식 홈페이지.

이 홈페이지의 구석에 작게 열린 하나의 임시 채널을 한 유저가 우연히 발견한 것이었다.

그 채널의 이름은 다음과 같았다.

-CH : 0025(임시)

-용사의 마을 요일 이벤트(일) : 차원의 거울 전장

전장에 입장한 후 3분이 지날 시점까지만 해도, 이안은 '차원의 거울' 콘텐츠에 대해 어렵지 않게 생각하고 있었다.

그렇다고 막 쉬운 느낌이야 당연히 아니었으나, 이안이 중간계에 와서 상대했던 몬스터들 중에는 확실히 쉬운 편이었으니 말이다.

그러나 그것이 착각이라는 것을 깨닫는 데에는, 10분도 채걸리지 않았다.

이 콘텐츠의 정체를 완벽히 이해하게 된 순간, 얼마나 더치열하게 싸워야 하는지를 깨달았으니 말이다.

'미친……! 이거, 그냥 한 놈 한 놈 처치하면 되는 일이 아니었잖아?'

'거울의 탑' 중단에 걸려 있는 금속으로 만들어진 상황판.

그리고 중대장 '파커'가 한 번씩 호통 치듯 내뱉는 대사들.

"제군들, 근본도 없는 마족 놈들 따위에게 밀려서 되겠는가!"

"악착같이 한 놈이라도 더 처치해!"

"차이가 벌어질수록 이기기 힘들어진다는 걸 모르는 건 아니겠지?"

"싹 쓸어다가 마족 놈들 진영으로 보내 버리라고!"

이안은 이 모든 정황을 통해, '차원의 거울'이 어떤 매커니즘으로 설계되어 있는지 알 수 있었다.

'그러니까 마족 진영에서도 우리와 마찬가지로 차원기병들과 싸우고 있고……. 여기서 한 놈 잡으면 그쪽에 한 놈이 생기는 방식인 거네.'

무척이나 간단하면서도, 지금까지 한 번도 본 적 없었던 신박한 방식의 전투.

콘텐츠의 구조를 이해한 순간, 이안은 지금부터 어떤 식으로 플레이해야 하는지를 깨달았다.

'차근차근 한 놈씩 줄여 가는 게 가장 급선무야. 이렇게 안일하게 싸워서는 승산이 없어.'

이안은 시선을 빠르게 돌려, 한창 전투 중이던 마크 올리버를 찾았다.

그리고 최대한 빠르게 그에게로 다가가서, 다급히 입을 열었다.

아니, 이안이 입을 열려고 한 순간, 올리버가 먼저 이안을 향해 물었다.

"이안 님, 혹시 콘텐츠 이해했어요?"

올리버의 물음에, 이안은 살짝 움찔했다.

이어서 고개를 끄덕이며 대답했다.

"예. 어느 정도는……. 이해한 것 같습니다."

비록 함께 전투한 지 아직 얼마 되진 않았으나, 이안은 마크 올리버의 게임 이해도가 뛰어남을 충분히 느낄 수 있었다.

때문에 하려던 이야기를 하기에 앞서, 올리버의 말을 먼저 들어 보기로 결정했다.

그리고 올리버는 이안이 기대했던 이야기를 하기 시작했다.

"그렇다면 느끼셨을지 모르겠지만, 광역 딜을 넣는 것보다 하나라도 빨리 처치하는 게 중요해요."

"확실히 그렇겠군요."

"지금부턴 생명력 많이 깎인 개체 위주로 골라서 저격해 보죠."

올리버의 말에 이안은 고개를 끄덕이며 대답했다.

"좋습니다."

하지만 이안은, 여기에 한 가지 의견을 덧붙였다.

올리버가 짚어 낸 부분도 분명 중요하기는 했으나, 더 중요한 게 남아 있기 때문이었다.

"그런데 올리버 님."

"예?"

"혹시 회복이나 보호막류 스킬 운용 가능하신지요?"

올리버는 살짝 의아한 표정이 되었지만 곧 고개를 끄덕였다.

"가능합니다."

"그렇다면 적의 숫자를 줄이는 것만큼이나, 아군을 하나라도 더 지키는 데에도 신경 써 주시는 게 좋을 것 같습니다."

"음……?"

"결국 시간이 지날수록, 보존되어 있는 아군 병력의 숫자가 차원기병 처치 속도와 비례할 테니까요."

그리고 이안의 말을 들은 올리버의 두 동공은 살짝 확대될 수밖에 없었다.

이안의 의견을 들은 순간 뒤통수를 강하게 한 대 맞은 느낌이었다.

'아, 내가 그 생각을 왜 못 했지?'

올리버는 지금까지, 본인이 하나라도 더 많이 처치하여 공적치를 올릴 생각을 하고 있었다.

그리고 이것은 사실 당연한 것이었다.

함께 전투중인 천군들은 그저 NPC들일 뿐, 그들 하나의 목숨보다 공적치와 영웅 점수를 1이라도 더 많이 올리는 게 중요했으니 말이다.

물론 같은 소대의 병력들을 도와주기는 했지만, 그것조차 어디까지나 '소대 승격' 조건 때문이었다.

하지만 이안의 말을 듣고 나니, 생각이 짧았음을 깨달을 수 있었다.

'생각해 보니 이 전장은, 정해져 있는 시간이 없구나. 어차피 마계 진영을 이기지 못한다면, 승격 보상도 받을 수 없는 거였어.'

소대 승격을 하기 위해서는 소대원 전원이 살아남아야 한다.

그리고 소대원 전원이 살아남는 경우의 수는, 전투에서 승리하는 방법밖에 없다.

전투에서 패배했다면, 천군 진영의 모든 병력이 전멸당했을 경우일 테니 말이다.

게다가 이안의 말처럼 결국 병력을 한명이라도 더 지켜 낼수록 천군 진영의 전체 DPS가 올라갈 것이다.

이안의 의견을 완벽히 이해한 올리버가 고개를 끄떡이며 빠르게 대답했다.

"좋아요. 그럼, 방금 말씀하신 대로 마법을 운용해 보도록 하죠."

"좋습니다."

짧은 대화였지만 서로의 의중을 확실히 이해한 두 사람은, 동시에 전장을 향해 뛰어들었다.

최전방에서 미친 듯이 검을 휘두르고 있는 리챠오도 있었지만, 그에게까지 전략을 전달할 여유는 없었다.

원거리 딜러인 두 사람과 달리 근거리 딜러인 그는, 이 전략에서 큰 도움이 되지 않기도 하고 말이다.

'정령의 광산에서 돌덩이 부수던 때처럼…… . 미친 듯이 활시위를 당겨야겠군. 그리고 엘이의 베리어랑 닉의 광역 보호기를 잘 활용해야겠어.'

이안은 상황판을 확인하기 위해, 시선을 슬쩍 옮겨 거울의 탑을 응시하였다.

그리고 상황판에 떠올라 있는 수치는, 쉴 새 없이 계속해서 변동되고 있었다.

-남아 있는 차원기병 : 102, 101, 103, 100, 102…….

-남아 있는 천군 : 91, 90, 90, 89…….

천군의 숫자는 계속해서 줄어들지만, 차원기병의 숫자는 줄이는 게 쉽지 않다.

지금도 천군의 진영에서 쉴 새 없이 차원기병을 처치하고 있지만, 그것은 마족 진영도 마찬가지이니 말이다.

심지어 지금은, 차원기병을 줄이기는커녕 마족 진영에게 밀리는 상황.

'우리 진영에 있는 차원기병의 숫자가 102이면, 저쪽 진영에는 98이겠지.'

그리고 이 차이는, 시간이 갈수록 줄이기 더욱 어려워질 것이다.

시간이 갈수록 이 차이가 누적되며 눈덩이처럼 불어날 테니 말이다.

'갈수록 뒤집는 게 힘들어질 거야. 어떻게든 지금 역전을 성공시켜야 해.'

전투가 시작된 지는 이제 10분이 갓 넘은 상황.

이안이 보기에 이 전투의 승부는 사실상 30분~50분 사이에 판가름이 날 것 같았다.

"지금 이 순간부터……."

이안은 마치 자기 자신에게 최면이라도 걸 듯 굳은 목소리로 중얼거렸다.

"내 허락 없인 아무도 죽을 수 없다."

이어서 전장의 최전방에 '닉'의 고유 능력인 '태양신의 비호'가 펼쳐지기 시작했다.

차원기병을 처치하는 것과 병력을 유지하는 것.

이 두 가지의 명제는 사실상 경중을 따지기 어려웠다.

하지만 굳이 중요도를 따져 보자면 그것은 유저의 전투력에 비례한다고 할 수 있었다.

전장에 있는 유저들의 전력이 강력할수록 적의 숫자를 줄이는 것이 더 중요할 것이며, 약할수록 병력을 유지하는 게 더 중요할 것이다.

유저들의 전투력에 따라 천군 병력의 DPS에 대한 의존도
가 달라질 것이니 말이다.

때문에 이안은, 적의 숫자를 줄이는 것보다 천군을 하나라
도 더 살리는 데 비중을 두기로 했다.

현 상황에서 천군 두셋 정도가 모이면 이안보다 나은 DPS
를 뽑기 때문에, 그들을 지켜 내는 게 더 나은 판단이라 여긴
것이다.

특히 소대장급 이상의 천군은, 무슨 일이 있어도 죽게 내
버려둬서는 안 된다고 할 수 있었다.

"엘, 드라고닉 배리어!"

"알겠어요, 아빠!"

이안의 오더를 듣고 껑충 뛰어오른 엘이, 양손을 가지런히
모으며 허공으로 두둥실 떠올랐다.

그러자 근방에 있던 대부분의 천군 주변으로, 하얗게 빛나
는 배리어가 생성되었다.

그리고 그와 동시에, 뿍뿍이의 고유 능력인 '심연의 축복'
이 펼쳐지기 시작했다.

우우웅- 쏴아아아-!

낮은 공명음이 울려 퍼지더니, 뿍뿍이를 중심으로 푸른 심
연의 기운이 광원을 그리며 쏟아졌다.

그러자 그 안에 있던 수많은 천군 진영의 NPC들이 빠르
게 생명력을 회복했다.

"오오, 힘이 솟는군!"

"지금이라면 더 용맹하게 싸울 수 있겠어!"

강력한 배리어와 힐을 동시에 받은 천군들이 다시 있는 힘껏 검을 휘둘렀다.

그리고 놀랍게도, 이안이 서포팅을 시작했다는 이유 하나만으로 기울어지는 듯 보였던 전세가 다시 원점으로 돌아가기 시작하였다.

-남아 있는 차원기병 : 102, 100, 101, 99, 100······.

-남아 있는 천군 : 89, 89······.

이어서 익숙한 카카의 목소리와 함께, 전장에는 짙은 어둠이 깔리기 시작했다.

"어둠이····· 내린다······."

우우웅-!

이안이 자주 유용하게 쓰는 장판 고유 능력인 카카의 '꿈꾸는 악마'.

이 고유 능력의 특 장점은 사실, 어둠 속성에 대한 특화이다.

어둠 속성을 가진 아군 병력을 버프해 주며, 반대로 어둠 속성을 가진 적들을 큰 폭으로 디버프해 주니 말이다.

하지만 이 장판 버프 스킬에는, 깨알같이 5퍼센트라는 공격력 버프도 붙어 있었다.

이것은 특정 속성과 관계없이 모든 아군들의 공격력을 높여 주는 버프.

그리고 이 5퍼센트라는 수치가 수십 이상이 모이자, 그것은 적잖은 위력을 발휘하기 시작했다.

ㅡ'차원기병'이 처치되었습니다!

ㅡ'차원기병'이 처치되었습니다!

······중략······

ㅡ'차원기병'을 성공적으로 처치하셨습니다.

ㅡ영웅의 마을 '공적치'를 1포인트만큼 획득하셨습니다.

ㅡ'7소대'의 공헌도가 10포인트만큼 증가합니다.

ㅡ영웅 점수를 2만큼 획득하셨습니다.

그리고 카카의 장판 버프가 채널링 스킬이라는 것을 알아챈 것인지, 마크 올리버는 재빨리 디텍팅 마법을 발동시켜 카카의 위치를 감추어 버렸다.

ㅡ파티원 '마크 올리버'의 마법, '디텍팅 일루전'이 발동됩니다.

ㅡ지금부터 240초 동안, '카카'의 모습이 적들에게 노출되지 않습니다 (적을 공격하거나 공격 모션을 할 시, 디텍팅이 해제됩니다).

카카의 고유 능력 '꿈꾸는 악마'는 고유 능력을 발동시키는 도중 모션을 유지해야만 하는 '채널링' 스킬이다.

꿈꾸는 악마가 발동되는 중에 공격을 받으면, 모든 버프 디버프 효과가 사라지는 것.

그 찰나지간에 이러한 사실을 캐치한 마크 올리버가 그에 알맞은 서포팅을 넣어 준 것이라 할 수 있었다.

그리고 이러한 두 사람의 노력이 하나씩 누적되기 시작하자, 전세는 급속도로 기울었다.

-남아 있는 차원기병 : 99, 97, 98, 95, 94…….

이안과 마크 올리버가 바랐던, '스노우 볼'이 제대로 굴러가기 시작한 것이다.

첫날, 용사의 마을에 진입한 유저는 총 일곱이다.

그중 셋은 인간계의 유저.

그렇다면 너무 당연한 사실이겠지만, 나머지 넷은 마계의 유저들이었다.

그리고 그들 중에는, 중국의 탑 랭커 중 하나인 '류첸'도 포함되어 있었다.

'이거, 왜 갑자기 밀리는 거지?'

하나 둘 불어나기 시작하는 차원기병들을 보며, 류첸의 이마를 타고 식은땀이 한 줄기 흘러내렸다.

순조롭게 진행되던 전장의 전투가 갑자기 역전되기 시작한 이유를 알 수 없었기 때문이었다.

그리고 당황한 것은 다른 랭커들 또한 마찬가지였다.

"이거 갑자기 왜 이렇게 숫자가 많아지는 거지?"

"갑자기 난이도가 올라가고 있어요!"

하지만 여기 있는 네 명의 랭커들이, 당황했다고 해서 우왕좌왕할 만큼 어리숙한 이들은 아니었다.

그리고 이 거울 전장의 원리 또한, 충분히 파악한 상태였다.

때문에 전황의 급박함을 인지한 류첸은, 생각해 두었던 마법들을 재빨리 구사하기 시작했다.

"마계의 환영들이여, 일어나라!"

우우웅—!

류첸이 주문을 외우자, 여기저기서 마수의 형태를 한 반투명한 그림자들이 모습을 드러냈다.

그리고 나타난 붉은 그림자들은, 전장의 차원기병들을 휩쓸며 날뛰기 시작했다.

크롸아아아—!

캬아아오!

얼핏 보면 소환술사, 아니 소환마 같은 능력을 보여 주는 류첸.

하지만 류첸의 클래스는 소환마가 아니었다.

그의 클래스는 마계의 마법사 클래스라 할 수 있는, '주술사呪術師' 클래스였다.

물론 주술사 클래스가 그가 가진 클래스의 전부는 아니다.

그랬다면 지금 전장에 펼쳐지고 있는 이런 느낌의 장관을 연출해 낼 순 없었을 테니 말이다.

중국 본토에서도 최고의 인기를 구가하는 스타 플레이어

중 하나인 류첸은, 특별한 히든 클래스들을 가지고 있기로도 유명했다.

그가 가진 히든 클래스는 바로 환영술사.

그리고 듀얼 히든 클래스로 가지고 있는 '진법가'였다.

"흐으읍!"

타탓-!

짧게 심호흡을 한 류첸이 지면을 박차고 허공을 향해 도약했다.

그러자 그의 주변으로 검붉은 기류가 모이면서, 그의 신형을 하늘 높이 받쳐 올렸다.

그리고 다음 순간.

팟-!

그가 양손을 뻗자, 진녹빛의 빛줄기가 사방으로 퍼져 나갔다.

이어서 그 빛줄기들은, 광범위한 구역을 기이하게 왜곡시키기 시작했다.

우웅- 우우웅-!

그의 듀얼 클래스인 진법가는 그가 인간계에서 활동하던 시절 얻은 클래스였다.

원래는 듀얼 클래스가 아닌 메인 클래스였지만, 마족으로 종족을 변환하면서 자연스레 듀얼 클래스로 바뀐 것.

그리고 이 진법가 클래스는, 그가 카일란 초창기부터 최상위 랭커를 유지할 수 있었던 이유이기도 했다.

그의 클래스 정보를 간단히 살펴보면, 다음과 같았다.

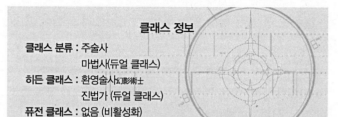

클래스 정보

클래스 분류 : 주술사
　　　　　마법사(듀얼 클래스)
히든 클래스 : 환영술사幻影術士
　　　　　진법가 (듀얼 클래스)
퓨전 클래스 : 없음 (비활성화)

어쨌든 루첸은, 진법과 환영 마법을 적재적소에 활용하여 밀려드는 차원기병들을 억제하기 시작했다.

진법으로 차원기병들의 발을 묶어 놓고, 숫자를 하나하나 침착하게 줄여 가기 시작한 것이다.

물론 대부분의 마법이 광역 딜에 치중되어 있는 루첸은, 차원기병을 하나씩 잘라 내는 게 쉽지 않다.

하지만 여기에는 루첸만이 있는 게 아니었다.

서걱-!

섬뜩한 소리와 함께 루첸이 묶어 놓은 차원기병을 베어 넘기는 검붉은 빛줄기.

그 빛줄기를 발견한 루첸은, 묘한 표정이 되어 섬광의 주인을 잠깐 응시하였다.

'한국 서버의 랭커 림롱이라고 했나? 확실히 뛰어난 실력

자야.'

적들을 무작위의 공간에 가두고 혼란에 빠뜨리는 마법들이 주를 이루는 '진법가'의 고유 능력들.

때문에 루첸은, 항상 암살자(암살마) 클래스와 궁합이 잘 맞았다.

그리고 지금 이 전장에 함께 있는 림롱이라는 랭커는, 그가 지금까지 보아 온 어떤 암살자 유저들과 비교해도 부족함이 없는 실력자였다.

때문에 루첸은 이 림롱이라는 녀석이 무척이나 탐이 났다.

하지만 루첸의 생각은 그리 오래 이어지지 못했다.

우우웅- 촤라락-!

그 잠깐 사이에, 거울을 타고 또다시 새로운 차원기병들이 쏟아져 나왔기 때문이었다.

'일단 지금은 전투에 집중하자.'

아랫입술을 살짝 깨문 루첸이, 전장을 향해 다시 손을 뻗기 시작하였다.

　-남아 있는 천군 : 77…… 77…… 76…….

　-남아 있는 마군 : 42…… 39…… 35……

　-남아 있는 차원 기병 : 천군 진영/마군 진영 - 56/144

모니터링실에 앉아 '차원의 거울' 전장의 스코어를 응시하던 나지찬은 피식 웃으며 고개를 저었다.

"휘유, 이제 더 볼 것도 없군. 아무리 길어도 5분 정도면 끝나겠어."

70대에서 도무지 떨어질 생각을 않는 천군의 숫자와는 달리, 마군들의 숫자는 점점 더 빠르게 줄어들기 시작했다.

그리고 그 말인 즉, 이 전장의 승패는 이미 결정되었다는 말이었다.

"이번에는 인간계가 질 줄 알았는데……."

턱을 만지작거리며 스크린을 응시하던 나지찬이, 다시 한 번 고개를 절레절레 저었다.

전투의 결과가 이렇게 나온 이유는 누구보다 정확히 알았지만, 결과가 나오기 전까지는 이런 양상으로 전개될 것이라고 상상도 못했었으니 말이다.

'루첸과 림룽의 조합은, 확실히 차원의 거울 전장에 특화되어있는 조합이었어. 하지만 마계 진영에 힐러가 하나도 없었다는 게 패인이었지.'

처음 전장에 진입한 양쪽 진영의 랭커들을 확인한 나지찬은, 마계 진영이 승리할 것이라 예측했었다.

마계 진영의 유저가 인간계 진영보다 하나 더 많기도 했지만, 그것보다 진법가인 루첸과 암살자인 림룽 때문이었다.

그 둘의 조합은 이 차원의 거울 전장에서 최강의 시너지를 낼 게 분명했고, 초반에 승기가 잡히는 순간 돌이킬 수 없을 테니 말이다.

그리고 첫 10여 분 동안은, 나지찬의 예측이 어느 정도 맞아 들어갔다.

적어도 초반에 만큼은 마군 진영이 확실한 우위를 보였으니 말이다.

하지만 이안과 마크 올리버가 수비적으로 돌변한 순간, 전황은 완전히 달라지기 시작했다.

차원기병의 숫자를 더 많이 줄이는 것과 별개로 천군의 숫자는 줄지 않고 마군의 숫자는 줄어드는 상황이 반복되자, 그 차이가 눈덩이처럼 불어나며 걷잡을 수 없는 상황이 되고만 것이다.

'누구의 머리에서 나온 전략일까? 이안? 마크 올리버?'

흥미진진한 표정으로 기획자 리포트를 써 내려가던 나지찬은, 탁자에 올려져 있던 커피를 홀짝이며 다시 스크린을 향해 시선을 고정시켰다.

나지찬의 업무 중 유일하게 여유를 가질 수 있는 업무인 모니터링 업무.

나지찬은 커피와 감자칩을 번갈아 음미하며 차원의 거울 전투를 감상하였고, 잠시 후 전투의 종료를 알리는 메시지가 스크린의 한쪽 구석에 주르륵 하고 떠올랐다.

띠링-!

-'마군' 진영의 병력이 전부 전사하였습니다.

-남아 있는 천군 : 72

-남아 있는 마군 : 0

-남아 있는 차원기병 : 천군 진영/마군 진영 – 12/188

-'차원의 거울 전장'의 전투가 종료됩니다.

-'천군' 진영이 승리하였습니다!

그리고 스크린을 확인한 나지찬은, 고개를 주억거리며 중얼거렸다.

"확실히 압도적인 차이……. 역시 이 전장은, 한번 말리기 시작하면 답이 없어."

나지찬은 떠오른 메시지들을 읽어 내려가며, 정신없이 키보드를 두들기기 시작했다.

타탁– 탁–!

이제 리포트를 마무리한 뒤, 기획 팀 사무실로 돌아갈 시간이었으니까.

그런데 잠시 후, 요란하게 울리던 나지찬의 키보드 소리가 문득 잦아들었다.

스크린을 다시 한 번 확인한 나지찬이, 뭔가를 발견한 듯 그대로 굳어 버린 것이다.

"……!"

무척이나 당혹스럽기 그지없는 나지찬의 표정.

그리고 그의 시선은, 스크린의 한쪽 구석에 그대로 고정되어 있었다.

　-조건이 충족되었습니다.

　-제7 소대의 소대가 '소대 승격'되었습니다.

　-제7 소대 소대원들의 계급이 한 단계씩 상승합니다.

　생각조차 않고 있었던 '소대 승격' 조건이 충족되었다는 메시지가 추가로 나타나 있었기 때문이었다.

　"7소대면……."

　부들부들 떨리는 손으로 데이터를 확인하는 나지찬.

　그리고 결과를 확인한 순간, 나지찬의 입에서는 또다시 깊은 한숨이 새어 나올 수밖에 없었다.

유저 정보

유저 네임 : 이안
클래스 : 소환술사(테이밍 마스터) Etc.
초월 레벨 : 10
용사 계급 : 신병
……후략……

　-'천군' 진영이 승리하였습니다!

　-조건을 충족하여, 제7 소대가 '소대 승격'되었습니다.

　-1계급 특진하여, '신병' 계급이 되었습니다(일 계급 특진은, 일주일에 1

회만 가능합니다).

　-이제부터는 용사의 마을에 있는 모든 상점을 이용할 수 있습니다.

　-전투에서 전공을 세워, 전공 포인트를 획득합니다.

　-'소대 승격' 효과로 인해 전공 포인트가 2배로 증가합니다.

　-212만큼의 전공 포인트를 획득하였습니다.

　-'전투병' 계급까지 남은 전공 포인트 : 212/300

　-영웅 점수를 100포인트 획득하였습니다.

　……후략……

전투가 종료되었음을 알리는 메시지들과 함께, 전장을 비추는 거울에서 새하얀 빛무리가 쏟아져 나온다.

이어서 허공에 뭉쳐진 거대한 빛무리는 전장에 남아 있는 천군들을 향해 수십 갈래로 쏟아져 내렸다.

특히 이안을 비롯한 7소대의 소대원들의 주변에는, 휘황찬란한 광채가 일렁이고 있었다.

그것은 아마도, 1계급을 특진한 효과인 듯했다.

"크으, 이제 드디어 신병을 벗어나는구나!"

"으하핫, 드디어 나도 전투병이구나!"

이안의 주변에 있던 7소대 소대원 NPC들이 환호성을 지르며 기뻐했다.

훈련병이었던 이안은 '신병'이 되는 데 그쳤지만, 원래부터 신병 계급이었던 천군들은 그 위 단계인 '전투병'으로 계급이 상승한 것이다.

"흠, 1계급 특진이라니 좋기는 한데, 공적치 먼저 적용되고 특진이 적용되었으면 더 좋을 뻔했잖아."

시스템 메시지들을 확인한 이안은, 작은 목소리로 투덜거렸다.

신병이 되는 데 필요한 공적치는 100.

때문에 만약 공적치가 먼저 적용되었더라면, 그것으로 먼저 '신병' 계급이 되었을 것이다.

더해서 일 계급 특진 효과로 인해, 곧바로 전투병까지 계급이 상승했을 것이고 말이다.

하지만 특진이 먼저 적용되고 획득한 공적치가 추가되니, '신병' 계급에서 그쳐 버린 것.

'뭐, 90정도의 공적치만 더 모으면 되지만 말이야.'

이안은 아쉬움을 뒤로한 채, 정보 창에 나타나 있는 다음 계급들을 살펴보았다.

용사의 마을에 존재하는 계급은 총 다섯 등급.

'훈련병, 신병, 전투병, 이 다음에는 정예병과 용사 계급이군.'

이안의 시선이 마지막에 쓰여 있는 '용사' 계급을 향해 움직였다.

이 '용사' 계급으로 진급하는 것이 용사의 마을 최종 목표일 것이다.

용사 계급을 얻는 순간 '중간자'의 위격을 얻을 수 있을 테니까.

'최대한 빨리 여기 졸업해서 중간자 타이틀 따고……. 루가릭스 녀석이나 데리러 가야지.'

거의 초월 레벨 50에 육박하는 루가릭스를 떠올린 이안이, 속으로 음흉한(?) 미소를 지었다.

루가릭스만 얻고 나면, 최소 40~50초월 레벨 정도까지는 승차감 좋은 버스에 탑승할 수 있을 게 분명했다.

기분 좋은 생각을 떠올리고 있는 이안을 향해, 마크올리버와 리챠오가 다가왔다.

"수고 많으셨습니다, 이안 님. 덕분에 소대 승격까지 했군요."

"대단한 소형제들이로군. 이 리챠오는 오늘, 크게 감명 받았소."

"……."

특색 있는 두 사람이 동시에 입을 열자 이안은 순간 벙찐 표정이 되었다.

'올리버는 그렇다 치고, 리챠오 이 친구는 정말 연구대상이군.'

전투에 정신없어 제대로 확인하지는 못했지만, 리챠오의 피지컬은 샤크란과 비교해도 손색이 없는 수준이었다.

용사의 마을에 조기 진입한 게 충분히 이해가 되는 수준.

하지만 행동이나 말투를 보면, 어딘가 어눌한 분위기가 강하게 느껴졌다.

'다음에 기회가 되면, 훈이에게 소개해 줘야겠어.'

훈이와 리챠오가 함께 있는 그림이 머릿속에 떠오른 이안은, 피식 하고 웃음이 흘러나왔다.

"후후, 두 분도 수고 많으셨습니다. 이제 슬슬 돌아가 보도록 하죠."

이안은 두 사람에게 인사를 건넨 뒤, 거울의 탑 아래쪽에 생성된 푸른 포털을 향해 걸음을 떼었다.

확실하게는 알 수 없었지만, 아마 마을로 돌아가는 게이트이리라.

'어디 보자, 신병부터는 모든 상점을 이용할 수 있다고? 이거 은근 기대되는데.'

히죽 웃은 이안은, 용사의 마을 화폐라고 할 수 있는 영웅 점수를 한번 확인해 보았다.

그런데 다음 순간…….

"……!"

점수를 확인한 이안은, 당혹스러움을 넘어 어이없는 표정이 될 수밖에 없었다.

정보 창에 표시되어 있는 영웅 점수가, 말도 안 되게 많은 양이었기 때문이었다.

ㅡ현재 보유 중인 영웅 점수 : 1,525

'부, 분명 여기 들어오기 전엔 100 정도 남아 있었는데…….'

처음 용사의 마을에 진입할 때 보유하고 있었던 영웅 점수는 150.

장비를 구입하는 데 몇십의 점수를 사용했으며 차원의 거울 전장에서 획득한 영웅 점수가 100포인트이니, 이안의 계산대로라면 200 초반 정도의 점수가 있어야 정상이었다.

'대체 1천이 넘는 점수가 어디서 떨어진 거야?'

아리송한 표정으로 열심히 머리를 굴려 보는 이안.

그리고 잠시 후, 이안은 이 기현상의 원인(?)이 뭔지 생각해 낼 수 있었다.

'이거 혹시……?'

용사의 마을이 업데이트된 이후.

유저들의 중간계 진입 난이도는, 이전보다 훨씬 수월해졌다.

정확히 말하면 모든 중간계라기보다는, 가장 잘 알려진 중간계인 '정령계'와 '명계'였다.(중간계가 몇 군데인지는, 아직 밝혀진 바 없다.)

그리고 그 이유는 다른 것이 아니었다.

정령계와 명계로 갈 수 있는 포털이 유피르 산맥과 헤인츠 고원에 각각 열린 것이다.

물론 400레벨이라는 적지 않은 레벨 제한이 걸려 있기는 했지만, 그래도 진입 장벽이 엄청 낮아진 것임은 분명했다.

본래는 특별한 히든 퀘스트를 통해서만 들어갈 수 있었기 때문에, 최상위 길드 몇몇만이 이 중간계의 콘텐츠를 독점하고 있었으니까.

그리고 정령계와 명계 중에서는, 정령계에 몰려 있는 유저들이 월등히 많았다.

중간자가 되어 아케론 강을 지나야 '마을'이랄 만한 공간이 나오는 명계와 달리, 정령계의 마을은 정령산에 진입하기 전에 있었으니 말이다.

어쨌든 이러한 이유로 인해 수많은 유저들로 북적이기 시작한 정령계.

그리고 정령산 남단에 있는 마을인 '프뉴마' 마을.

전 세계의 최상위권 유저들이 모여 있는 이 마을은 인간계의 여느 도시 못지않게 붐비고 있었다.

"바람의 평원 사냥 갈 기사 클래스 구합니다! 한 자리 남았습다! 빠르게 모셔요!"

"앗, 저 혹시 파티에 합류할 수 있을까요?"

"님, 혹시 초월 레벨이 몇이세요?"

"중간계 방금 입성했으니 당연히 1레벨이죠."

"죄송합니다. 우리는 초월 레벨4 이상인 분만 받고 있습니다."

"저 일반 레벨 430인데 껴 주면 안돼요?"

"일반 레벨 아무리 높아도 초월 1레벨은 안 돼요. 지송."

"아놔, 중간계에 방금 입성했는데 일단 파티에 껴 줘야 4레벨을 찍든 말든 하지. 신입 사원 경력 보는 소리 하고 있네."

"님, 순록의 숲 가는 파티 찾아보시면 많아요. 거기로 가셈."

"에, 거긴 어디죠?"

"남쪽으로 좀 더 내려가면 있는 사냥터예요. 순록의 숲에서 2~3찍고 나서 그 안에 있는 서리동굴 들어가면 5레벨까진 금방 찍을 수 있을 겁니다."

"앗, 그런 사냥터가 있는 줄은 몰랐넹. 감사감사."

400레벨 이상의 랭커들만이 모였다고는 하지만 전 세계의 모든 서버에서 입장한 만큼, 프뉴마 마을 광장은 북새통을 이루고 있었다.

초월 장비들을 전문적으로 취급하는 상인 유저들이 단체로 자리를 잡았을 정도.

그런데 재밌는 것은, 이 광장만큼이나 수 많은 유저들이 바글대는 장소가 한 군데 더 있다는 것이었다.

─정령의 도장/입장료 : 500 아스테르

그곳은 바로, 이안이 히든 퀘스트를 클리어했던 곳인 정령의 도장.

그리고 수많은 사람들이 쉴 새 없이 500 아스테르를 기부

(?)한 탓인지 이안이 처음 도장에 도전할 때는 작은 오두막 형태였던 정령의 도장이 거의 열 배가 넘는 규모로 확장되어 있었다.

한 번에 도전할 수 있는 유저 팀의 숫자도, 여럿으로 늘어나 있고 말이다.

―B구역의 도전 팀이 첫 번째 관문을 통과하였습니다.

―대기 팀 입장이 가능합니다.

"좋았어! 드디어 우리 차례군!"

"크크, 이번에는 분명 5층을 클리어할 수 있을 거야!"

"가자고, 친구들!"

긴 줄의 맨 앞에서 기다리던 한 팀이 한차례 의기투합한 뒤 B구역으로 입장한다.

그러자 그 뒤에 있던 다른 유저들이 고개를 절레절레 저으며 중얼거리듯 대화했다.

"쯧쯧, 고작 5층에서 저렇게 쩔쩔매서야. 저 팀은 '통곡의 벽'에 가 보지도 못하겠군."

"그러게. 5층 정도는 눈감고도 클리어해야 9층에 비벼 보기라도 할 텐데 말이지."

'음?'

정령의 도장에 도전하기 위해 줄을 서서 기다리고 있던 란 콤은 그들의 대화를 듣고는 흥미가 동하는 것을 느꼈다.

'9층? 통곡의 벽?'

란콤은 영국 서버 내에서 제법 유명한 랭커였다.

그는 영국 서버의 궁사 클래스 중 다섯 손가락 안에 꼽힐 정도였으며, 호승심이 강하기로 유명해 싸움닭이라는 별명이 있는 자였다.

때문에 그런 그에게, '통곡의 벽'이라는 단어는 무척이나 흥미롭게 느껴질 수밖에 없었다.

란콤은 대화를 나누던 두 사람에게 다가가 물었다.

"그 통곡의 벽이라는 것이 궁금해서 그러는데, 내게 설명을 좀 해 줄 수 있습니까?"

그리고 란콤의 목소리를 들은 두 사람의 시선이 동시에 그를 향해 돌아갔다.

이어서 그들의 말이 이어졌다.

"헛, 통곡의 벽을 모른다니. 방금 처음 오셨나 보군요."

"그렇습니다."

"통곡의 벽은 다른 게 아닙니다. 우리는 이 도장의 9층 관문을 통곡의 벽이라고 부르고 있습니다. 이게 오늘 반나절만에 생긴 별명이죠."

"음, 9층의 난이도가 상당한가 보죠?"

"상당한 정도가 아닙니다. 말 그대로 그냥 '벽'이죠."

"그, 그래요?"

"여기 전 세계 랭커들이 다 모였는데도, 아직 9층을 깼다는 사람이 없어요."

"……!"

"여기 우리만 해도 8층까지는 어렵지 않게 클리어했는데, 9층만 벌써 세 번째 트라이중이니까요."

두 사람의 말을 들은 란콤은, 오랜만에 호승심이 동하는 것을 느꼈다.

'그 누구도 클리어하지 못했다'는 타이틀은, 승부욕 강한 그에게 자극을 주기에 충분했으니 말이다.

'후후, 누구도 깨지 못한 층이라……. 그렇다면 이 내가 나설 차례인가.'

란콤은 9층에 대한 정보를 좀 더 얻기 위해, 두 사람을 향해 조심스레 다시 입을 열었다.

생판 모르는 타인에게 고급 정보(?)를 묻는다는 것은, 실례가 될 수 있는 일이기 때문이었다.

"혹시 9층에 대한 정보를 좀 더 물어도 되겠습니까?"

하지만 두 사람은, 조금의 고민도 하지 않고 9층에 대한 정보를 술술 털어놓기 시작했다.

"뭐, 그거야 어려울 것 없죠."

"……!"

"일단 9층을 지키고 있는 관문지기는, 아마도 소환술사 클래스인 것 같아요. 그리고 무기는 활을 쓰는 것 같은데, 어지간한 궁수들은 명함도 못 내밀 정도로 활을 잘 씁니다."

"게다가 소환수들의 고유 능력도 엄청 다양해서, 우린 세

번째 트라이임에도 불구하고 아직 녀석의 공격 패턴을 반의
반도 파악하지 못했어요."

어지간한 궁수들보다 훨씬 활을 잘 쏘는 소환술사라는 말
에, 란콤은 속으로 발끈할 수밖에 없었다.

'무슨 그런 말도 안 되는 소리를! 이 친구들, 분명 제대로
된 궁술을 본 적도 없는 게 분명해.'

하지만 발끈한 것과 별개로, 란콤은 그것을 티낼 생각은
없었다.

이들이 너무 친절하게 자신이 아는 것들을 세세히 말해 주
었기 때문이었다.

두 사람의 설명을 다 들은 란콤은 살짝 고개를 숙여 보이
며 고마움을 표했다.

"고맙습니다. 덕분에 귀중한 정보들을 얻었습니다."

하지만 두 사람은, 피식 웃으며 고개를 저을 뿐이었다.

"에이, 아닙니다. 한두 번 트라이해 보면 다 알 수 있는 정
보들인 걸요, 뭘."

"맞아요. 어차피 이런 정보 안다고 해서 클리어할 수 있는
관문도 아니고 뭐……."

란콤이 절대로 클리어할 수 없다는 것을 거의 기정사실화
하고 있는 두 사람의 말투에, 란콤은 또다시 속이 부글부글
하는 것을 느꼈다.

'나 란콤을 대체 뭐로 보고……!'

하지만 조금만 더 생각하자, 그들의 입장도 이해는 되었다.

'하긴, 내가 벌써 초월 9레벨을 달성한 최상위 랭커라는 걸 이 친구들이 알 리 없으니까.'

하지만 란콤도 모르는 것이 두 가지 있었다.

첫째로는 지금 그에게 친절히 '통곡의 벽'에 대해 설명해 준 두 사람의 초월 레벨 또한, 각각 8레벨과 9레벨이라는 것.

둘째로는 이 두 사람 또한 타 서버의 최상위권 랭커라는 것을 말이다.

카일란의 메시지 창은 무척이나 스마트하다.

유저가 설정하기에 따라서 보여 주는 메시지의 범위를 다양하게 조절할 수 있으니 말이다.

그리고 지금 이안이 해 놓은 설정으로는, 현재 유저가 입장해 있는 맵에서 이뤄지는 일들만 메시지로 떠오르게 되어 있다.

때문에 이안은, '지난 메시지 함'의 로그를 확인하고 나서야 메시지 창에 한가득 쌓여 있는 다음과 같은 메시지들을 확인해 볼 수 있었다.

-'정령의 도장' 관문 도전자를 격퇴하였습니다.

-'영웅 점수'가 9점 상승합니다.

-'정령의 도장' 관문 도전자를 격퇴하였습니다.

-'영웅 점수'가 9점 상승합니다.

"크으, 이건 생각지도 못했던 꿀단지네?"

정령의 도장 9층에, 마치 말뚝처럼 박혀 있는 이안의 분신.

물론 이안은 이 분신이 어느 정도 영웅 점수를 가져다 줄 수 있다고 생각했었다.

어쭙잖은 도전자들 정도는, 분신만으로도 충분히 이길 수 있으리라 여겼으니까.

하지만 그것이 이 정도는 아니었다.

몇몇 랭커들이 정령의 도장에 진입하면, 자신의 분신이 금방 패배당할 것이라 생각했기 때문이었다.

그리고 그것은, 결코 이안 자신을 저평가했거나 랭커들을 고평가해서 나온 결론이 아니었다.

이안은 자신의 분신도 도전자의 숫자에 따라 스텟이 상승하게 된다는 사실을 몰랐을 뿐이었다.

"좋아, 잘한다 내 분신! 이대로 일주일만 버티면 영웅 점수 만 단위 이상은 쌓이겠어!"

하루도 아니고 반나절 만에, 무려 1천에 가까운 영웅 점수를 채굴한 이안의 분신.

이대로라면 정말 이안의 말처럼, 장비 상자의 가격인 1만 포인트 이상을 모으는 것도 어렵지 않을 듯 보였다.

눈물을 머금고 훈이와 유신에게 기증한 초월 장비들을 떠올린 이안은, 두 주먹을 불끈 쥐었다.

'장비 상자도 장비 상자지만, 이제 용사의 마을 쇼핑을 좀 즐겨 볼까?'

이제 '신병' 계급이 되어, 용사의 마을 모든 상점들을 이용할 수 있게 된 이안.

그리고 지금 이안이 보유하고 있는 1천 단위 이상의 포인트라면, 아마 이곳에서는 석유 부자처럼 쇼핑을 즐길 수 있으리라.

우우웅—!

—'용사의 마을'에 귀환하셨습니다.

간결한 메시지와 함께, 하얀 빛줄기가 이안의 귀환을 환영하듯 머리 위에 내려앉았다.

이어서 마을에 도착한 이안은 서둘러 걸음을 옮기기 시작했다.

차원의 거울 전장에 들어가기 전, 미리 봐 두었던 몇몇 상점들에 얼른 들어가 보고 싶었기 때문이다.

하지만 마을의 공터를 채 벗어나기도 전, 이안은 걸음을 멈출 수밖에 없었다.

그의 시야에, 흥미로운 광경이 들어온 것이다.

"제군들. 이곳, 용사의 마을에 온 것을 환영한다네. 난 이제부터 그대들의 용맹을 단련시켜 줄 프라임 중대장일세."

공터의 한 쪽 구석에, 대략 열댓 정도로 보이는 인원이 정갈히 도열해 있었던 것이다.

이것은 분명, 이안으로서도 처음 보는 풍경이었다.

게다가 이안이 보기에 이들의 정체는 분명 '유저'들이었다.

'오호, 그 사이에 저만큼 많은 유저들이 용사의 마을에 입장한 건가?'

호기심이 생긴 이안은, 그들의 근처로 슬쩍 다가서 보았다.

이들이 정확히 뭘 하고 있는 것인지 알고 싶었기 때문이었다.

'차원의 거울 전장은 요일 전투라서 이제 입장이 불가능할 텐데…… 이들에겐 어떤 식으로 퀘스트가 발생하게 되는 거지?'

상점에서의 쇼핑도 중요하지만, 그보다 더 중요한 것이 퀘스트를 받는 것이다.

퀘스트를 받아야만 공적치를 쌓을 수 있고, 그것이 이 용사의 마을을 졸업하는 가장 빠른 길이니 말이다.

그리고 잠시 후, 이들의 대화를 유심히 듣던 이안의 두 눈에 이채가 어렸다.

"제군들, 용사의 훈련 과정은 결코 만만하지 않을 것이다. 다들 마음의 준비는 단단히 하도록!"

"예, 알겠습니다!"

"물론입니다!"

이 인원들은 이안의 예상대로 어떤 퀘스트를 하기 위해 모여 있었던 것이다.

'그렇다면 나도 얼른 여기 합류해야겠는데?'

'훈련'이라는 것이 뭔지는 알 수 없었지만, 분명 공적치를 조금이라도 획득할 수 있는 퀘스트일 터였다.

이안은 가던 걸음을 돌려서, 망설임 없이 그들 일행에 합류했다.

아니, 합류 '하려고' 했다.

"어이, 거기 신병!"

"예? 저, 저요?"

"그래, 여기 신병이 자네 말고 또 누가 있는가!"

유저들을 인솔하던 중대장 '프라임'이 이안의 합류를 가로막은 것이다.

"이미 훈련이 끝난 신병이 어찌 훈련소에 가려 하는가?"

"예에?"

"자네는 우리 중대에 합류할 수 없으니, 가던 길로 돌아가시게."

"……!"

그리고 프라임의 말을 들은 이안의 동공이, 가늘게 떨리기 시작했다.

이안은 본능적으로, 뭔가 '잘못 되었다'는 것을 느낀 것이다.

위기를 기회로

Taming
Master

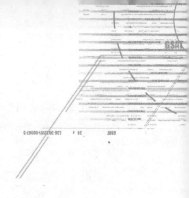

용사의 마을 콘텐츠는, 메인 퀘스트를 중심으로 움직이도록 시스템이 설계되어 있었다.

마을에 진입한 유저들이 메인 퀘스트를 차근차근 진행해 나가며, 그 과정에서 공적치를 쌓고 진급하는 것이 콘텐츠의 큰 골자인 것이다.

그 과정에서 요일 전장에 참전하여 추가로 공적치를 받기도 하지만, 그것은 어디까지나 부수적인 요소일 뿐.

메인 퀘스트로 얻는 공적치가 없다면, 진급은 사실상 무척이나 어렵도록 설계되어 있었다.

"으, 이거 진짜 골치 아프네."

나지찬은 머리가 터질 것 같이 아파 왔다.

단번에 소대승격을 따내어 '신병'의 계급을 얻을 수 있는 유저들이 있을 것이라고는, 기획 단계부터 상상조차 안 해 보았기 때문이었다.

머리를 싸맨 채 골똘히 생각에 잠겨 있는 나지찬.

옆에 있던 김지연이 그를 향해 조심스레 입을 열었다.

"팀장님."

"응?"

"그냥 이안을 비롯한 세 유저들을, 예외로 훈련소에 들어갈 수 있도록 손쓸 수는 없을까요?"

김지연의 말에, 나지찬은 고개를 절레절레 저으며 헛웃음을 지었다.

그렇게 간단한 문제였다면, 자신이 이렇게 고민할 일도 없었을 테니 말이다.

"지연 씨는 아직 잘 모르겠지만, 카일란 세계관은 그렇게 인위적으로 건드려서는 안 돼."

"왜요?"

"세계관 내에 수많은 AI를 가진 존재들이 서로 긴밀한 관계를 맺고 있기 때문에, 자칫 잘못하면 더 큰 오류와 변수가 발생해 버릴 수 있거든."

"아······."

"자칫 잘못 건드렸다가 치명적인 문제라도 발생하면······. 그땐 정말 감당이 안 될 거야."

나지찬의 말을 정확하게 이해하지는 못했지만, 천천히 고개를 주억거리는 김지연이었다.

잠시 뜸을 들인 그녀가 다시 말을 이었다.

"그럼, 어떻게 해야 하는데요?"

"음……."

뭔가를 생각하는지 나지찬은 양쪽 검지손가락으로 관자놀이를 지그시 눌렀다.

이윽고 그의 입이 다시 천천히 떨어졌다.

"기존의 틀을 해치지 않는 선에서, 세 사람이 뜻하지 않은 손실을 만회할 수 있는 기회를 만들어 줘야겠지."

"에……."

"그 과정에서 다른 유저들과의 밸런스가 무너져서도 안 되고 말이야."

"뭔가 어렵네요."

"뭔가 어려운 게 아니고, 많이 어려운 상황이지."

기존의 '룰'을 바꿀 수는 없는 상황.

그렇다면 지금 기획 팀이 할 수 있는 것은 새로운 것을 추가하는 것뿐이었다.

그것은 직접적으로 세 유저에게 보상을 주는 것이어서도 안 되며, 그로 인해 다른 유저들과의 밸런스가 깨어져서도 안 된다.

아랫입술을 잘근잘근 씹던 나지찬은 한숨을 푹 쉬며 입을 열었다.

"어쩔 수 없지."

"예? 뜬금없이 그게 무슨 말이세요?"

"어제까지 기획하던 콘텐츠 있잖아."

"네."

"지금부터 전면 중단해야겠어."

"네에?"

나지찬의 말에, 김지연은 적잖이 당황했다.

지금 진행 중인 프로젝트 또한 무척이나 시일이 촉박했기 때문이었다.

우울한 표정이 되어 김지연을 마주보는 나지찬.

어느새 다크서클이 턱밑까지 내려온 그는 다시금 깊은 한숨을 내쉬며 말을 이었다.

"오늘 퇴근하기 전까지 새 콘텐츠 하나 짜 보자."

"......!"

나지찬이 스크린에 떠올라 있는 이안을 비롯한 세 랭커들의 모습을 가리키며, 다시 입을 열었다.

"저 세 사람을 위한 콘텐츠를 말이야."

나지찬의 말을 들은 김지연은 당장이라도 울음이 터질 것 같은 표정이 되었다.

이로써 이번 주, 아니 다음 주까지도 철야 작업이 확정된 셈이었기 때문이었다.

차원의 거울 전투가 끝난 지 벌써 만으로 하루가 지나갔다.

그리고 그 사이, 이안은 한 가지 사실을 확신할 수 있었다.

지금 이 상황이 뭔가 단단히 잘못되었다는 사실 말이다.

'대체 왜 이렇게 꼬여 버린 걸까? 이건 시스템적인 오류까지 아닐지라도, 기획 단계에서의 실수는 분명해.'

메인 퀘스트에 합류할 수 없다는 사실을 알게 된 뒤, 이안은 용사의 마을을 그야말로 이 잡듯이 뒤져 보았다.

어차피 수요일까지는 열리는 요일 퀘스트도 없었으니, 공적치를 얻을 수 있는 다른 퀘스트가 있나 싶어서였다.

하지만 그 결과는 절망이었다.

영웅 점수를 활용해 스펙을 업그레이드할 수 있는 상점과 콘텐츠들은 무척이나 많았지만, 정작 공적치를 올릴 방법은 전무했던 것이다.

지금 이대로라면, 다음 요일 전장이 열리는 수요일까지 손가락만 빨고 있게 생긴 것.

게다가 그 사이 영웅의 길을 통과하고 메인 퀘스트에 들어선 훈이로부터 얻은 정보는, 이안을 더욱 절망하게 만들었다.

용사의 마을 메인 퀘스트

A : 훈련소 수료

퀘스트 발생 조건 : '훈련병' 계급의 유저.
획득 가능 공적치 : 100~500
*일정 수준의 성과 달성 미달 시, 퀘스트 초기화.
B : 첫 번째 임무.
퀘스트 발생 조건 : '훈련소'를 수료한 유저.
획득 가능 공적치 : 250~500
*임무 과정에서 도태될 시 획득 공적치 50퍼센트 삭감.
*퀘스트 재도전 가능.
C : 군락 섬멸전.
퀘스트 발생 조건 : '첫 번째 임무'를 성공적으로 완수한 유저.
획득 가능 공적치 : 300~600
*임무 과정에서 도태될 시, 획득 공적치 70퍼센트 삭감.
*퀘스트 재도전 가능.
······중략······
F : 차원의 거인 레이드.
퀘스트 발생 조건 : '정예병' 계급의 유저.
획득 가능 공적치 : 600~1,200
*임무 과정에서 도태될 시 획득 공적치 100퍼센트 삭감.
*퀘스트 재도전 가능.
······후략······

　훈이가 보내 준 것은 퀘스트 창에 새로 생성된 메인 퀘스트 목록이었다.

　그리고 그 안에 들어있는 내용은 이안을 절망하게 만들기 충분했다.

　"하아, 이거 이런 식이면, 금방 다 따라잡히겠는데?"

　퀘스트 발생 조건을 보면, 이안이 합류할 수 있는 메인 퀘스트는 F단계의 퀘스트인 '차원의 거인 레이드'부터였다.

그 전까지는 이전 연계 퀘스트를 클리어해야 발생되는 조건이었으니, 훈련소에 진입하지 못한 이안으로서는 아예 얻을 수가 없는 것이다.

그렇다면 얼른 F단계의 퀘스트를 얻으면 되지 않느냐?

그건 그렇게 쉬운 문제가 아니었다.

'차원의 거인 레이드'에 도전하기 위해서는, 전투병 다음 단계인 '정예병' 계급이 되어야 했기 때문이었다.

그리고 정예병이 되기 위해 필요한 공적치는…….

'후, 대체 3천이 넘는 공적치를 메인 퀘스트 없이 어떻게 올리냐고!'

전투병이 되기까지 남은 공적치 100을 포함하여, 무려 3,100이라는 어마어마한 양이었던 것이다.

용사의 마을에서의 진급은, 총 네 번이다.

그리고 그중 '전투병'까지 가기 위한 두 번의 진급은, 비교적 적은 공적치를 필요로 한다.

하지만 전투병의 다음 단계인 정예병.

그리고 마지막 졸업이라 할 수 있는 '용사' 계급까지는, 필요한 공적치가 기하급수적으로 증가되도록 설계되어 있었다.

'이게 대체 뭐야? 3백에서 어떻게 갑자기 3천으로 늘어 나는 건데!'

'계급' 시스템의 구체적인 정보까지 확인한 이안은, 그야말로 패닉 상태가 될 수밖에 없었다.

'으, 따라잡히는 게 문제가 아니라 격차도 엄청 벌어지겠어.'

수요일과 금요일에 있는 요일 이벤트가 어떤 식인지는 알수 없지만, 아무리 많은 공적치를 얻는다고 해도 정예병이 될 수는 없을 게 분명했다.

그리고 아마 그 사이, 메인 퀘스트에 진입한 유저들 중 상위권은 분명 '정예병'을 찍을 것이고 말이다.

'정예병 다음이 바로 용사 계급인데……. 그리고 용사 찍으면 바로 여기 졸업이고.'

이안은 마음이 급해졌다.

치열하게 노력하여 첫 번째로 용사의 마을 진입에 성공하였는데, 그 노력들이 물거품이 되어 버릴 수도 있는 상황이 왔으니 말이다.

그런데 그 순간, 이안의 머릿속에 뭔가 떠오른 것이 하나 있었다.

'가만, 그러고 보니 용사 계급이 되는 데 필요한 공적치는 얼마지?'

지금 이안의 상황에서 정예병이 되는 데 필요한 공적치는 적을수록 좋지만, 용사 계급이 되는 데 필요한 공적치는 많을수록 좋다.

정예병이 될 때까지 벌어질 차이를 이안이 좁히는 동안, 먼저 정예병이 된 유저들이 '졸업'을 해 버려서는 안 되니 말이다.

그리고 '용사'계급이 되는 데 필요한 공적치를 확인한 순간, 이안은 살짝 안도할 수 있었다.

공적치의 양이, 그야말로 천문학적인 수치였으니 말이다.

-계급 : 용사

-필요 공적치 : 10만

'휴우, 이건 그나마 다행인 부분인가.'

이안의 머리가 빠르게 회전하기 시작했다.

아직 모든 콘텐츠를 확인한 게 아니기에 정확히는 알 수 없었지만, 10만이라는 공적치는 그리 쉽게 모을 만한 것이 아니었다.

'최소 한 달 이상은 걸리겠지.'

그리고 그 정도의 시간이라면, 다시 재역전할 수 있는 발판을 만들 수도 있을 것이었다.

'지금 상황에서 할 수 있는 건 이 마을 안에 있는 콘텐츠를 최대한 활용해서 스펙을 올려 놓는 거야.'

이안이 공적치를 획득할 수 있는 기회는, 수요일에 열릴 새로운 요일 이벤트뿐.

수요일이 오기 전까지 영웅 점수를 펑펑 써서, 할 수 있는 한 최상의 스펙을 만들어야만 했다.

지금 이안이 가진 가장 큰 무기는, 정령의 도장에서 생산되는 막대한 '영웅 점수'라는 자원이었으니 말이다.

'그래, 포기하기는 이르지. 우선 마을 상점부터 다시 꼼꼼히 돌아보자. 그리고 모든 걸 분석해서, 최상의 스펙을 한번짜 보는 거야.'

공터 구석에 있는 바위에 걸터앉아 반나절이 넘게 골머리를 싸매고 있던 이안은, 다시 바쁘게 걸음을 옮기기 시작했다.

마크올리버와 리챠오는 체력이라도 비축하겠다며 로그아웃을 한 상태였기 때문에, 지금 공터에 남아 있는 것은 이안뿐.

하지만 걸음을 옮기는 이 순간, 이안이 미처 파악하지 못한 사실이 하나 있었다.

용사의 마을 구석에 '전투 수련장'이라는 새로운 건물이 지어지기 시작했다는 사실 말이다.

용사의 마을 북단에 있는 커다란 훈련장.

이곳에는 지금, 십여 명의 유저들이 퀘스트를 클리어하기 위해 치열하게 움직이고 있었다.

장애물 통과부터 시작해서 병기술까지.

채챙─ 챙─ 챙─!

타탓─ 탓!

어쩌면 지루해 보이기까지 하는 콘텐츠들이었지만, 그것들을 플레이하는 유저들의 눈빛은 그 누구보다도 진지했다.

이 안에서 가장 빠르게 다음 퀘스트로 넘어가는 유저가 곧, 전 세계에서 가장 빠르게 치고 나가는 유저가 되는 셈이니 말이다.

또 비교적 지루한 이 훈련 단계만 끝나고 나면, 두 번째 연계 퀘스트부터는 무척이나 흥미진진해 보였다.

그런데 진지하기 그지없어 보이는 이 분위기 속에서, 유독 특이한(?) 분위기를 풍기는 한 유저가 눈에 띄었다.

"크큭, 크크큭."

기이한 웃음을 흘리며, 쉴 새 없이 몸을 움직이고 있는 한 남자.

아니, 그의 실루엣은 사실, 남자라고 하기 보단 소년에 가까운 느낌이었다.

"으흐흐, 이 훈이 님의 진정한 실력을 보여 주도록 하지."

그의 정체는 다름 아닌, 이안에게 퀘스트 정보를 공유해 준 훈이.

훈이는 지금, 그 어느 때보다도 열정적이었다.

"드디어 이안 형을 앞지르고 어둠군주의 권능을 보일 수 있는 기회가 온 건가. 크크큭!"

훈이가 생각하기에, 지금의 상황은 그야말로 천재일우의 기회였다.

'임모탈의 표식 덕에 영웅의 길을 단번에 통과할 수 있을 줄은, 그야말로 생각조차 못했었지.'

이안이 '용기사의 증표' 덕에 영웅의 길을 빠르게 통과했던 것처럼 훈이 또한 영웅의 길을 프리패스할 수 있었고, 덕분에 최상위권 라인의 반열에 들어설 수 있었으니 말이다.

훈이의 옆에 샤크란이 있기는 했지만, 사실상 지금 용사의 마을 진척도는 한국 서버에서 훈이가 가장 빠르다고 할 수 있는 것이다.

'후후, 여기서 어둠군주의 진정한 능력을 보여 주도록 하지. 그리고 연말에 펼쳐지는 영웅의 협곡 전투에선 전 세계적인 스타가 되는 거야.'

눈앞에 펼쳐진 황금빛 미래(?)에, 벌써부터 가슴이 두근거리는 훈이였다.

하지만 앞으로의 전개가 훈이의 계획처럼 잘 진행될지는, 두고 봐야 할 일이었다.

용사의 마을에는, 무척이나 다양한 종류의 상점들이 존재한다.

기본적인 장비 상점과 물약 상점부터 시작해서 대장간, 마법 상점까지.

그곳들을 하나씩 돌기 시작한 이안은 영웅 점수를 과감히 사용하기 시작했다.

띠링-!

-'용사의 경량 가죽 갑옷' 아이템을 구매했습니다.

-'영웅 점수'를 80만큼 소모하였습니다.

-'용사의 질긴 가죽 신발' 아이템을 구매했습니다.

-'영웅 점수'를 50만큼 소모하였습니다.

이안이 사들이는 아이템들은, 전부 '신병' 등급에서 구매할 수 있는 최고의 성능을 가진 것들이었다.

그런데 조금 이상한 것은, 이안이 같은 아이템을 여러 개씩 구입한다는 점이었다.

또, 평소에 쓰지 않는 종류의 무기까지도 구입한다는 것이었다.

띠링-!

-'예리한 용사의 단검' 아이템을 구매했습니다.

-'영웅 점수'를 100만큼 소모하였습니다.

-'예리한 용사의 단검' 아이템을 구매했습니다.

……중략……

-'튼튼한 용사의 판금 갑옷' 아이템을 구매했습니다.

-'영웅 점수'를 95만큼 소모하였습니다.

-'묵직한 용사의 강철 투구' 아이템을 구매했습니다.

……후략……

이안은 무거운 장비를 좋아하지 않는다.

특히 방어구의 무게는 최소화하는 것을 항상 선호한다.

때문에 평소였다면 절대로 구매하지 않을 종류의 무구인 판금 갑옷.

그렇다면 이안은 대체 왜 전투 스타일과 맞지 않는 이러한 아이템들을 구매하고 있었던 것일까?

그것도 한 개도 아니고 여러 개를 말이다.

"흐, 이거 참 도박이긴 한데……."

일단 1천 포인트 정도의 영웅 점수를 사용한 이안은 망설임 없이 장비 상점을 나섰다.

그리고 그가 향한 곳은…….

"안녕하세요, 티버 아저씨!"

"오, 왔는가!"

이안이 도착한 곳은 바로, '용사의 대장간'이었던 것이다.

그렇다면 용사의 장비 상점과 용사의 대장간은 대체 어떻게 다른 콘텐츠인 것일까?

두 곳 모두 용사의 장비들을 파는 곳인데 말이다.

'장비 상점에는 판매하는 장비가 더 다양하고, 이 대장간에는 장비 구매 외에도 다른 일을 할 수 있지.'

용사의 장비 상점에는, '신병'이 구매할 수 있는 장비들 중에서도 무척이나 다양한 품목을 구매할 수 있다.

반면에 용사의 대장간은, 각 계급별로 구매할 수 있는 장비의 종류가 단 한 가지씩뿐이다.

하지만 대장간의 장점은 따로 있었다.

'장비 분해, 조합. 그리고 강화. 이걸 한번 최대한 활용해 봐야겠어.'

그것은 말 그대로, '대장간'이라는 명칭과 어울리는 콘텐츠들인 것이다.

사실 이 콘텐츠들은, '신병' 단계에서 할 만한 것이 아니었다.

'영웅 점수'라는 자원이 부족한 초반에는, 몇 번 시도도 해보지 못하고 자원을 다 써 버릴 테니 말이다.

하지만 이안에게는 해당 없는 이야기였다.

지금 이 순간에도 이안의 영웅 점수는 계속해서 오르고 있었으니까.

"그대가 차원의 거울 전투를 승리로 이끌어낸 대단한 신병이라지?"

"하하, 별말씀을요."

이안과 티버는 단 한 번 얼굴을 본 사이였지만, 그 사이 티버의 친밀도는 무척이나 높아져 있었다.

그 이유는 당연, 요일 전장에서의 활약 덕분이었다.

"그래, 오늘은 어쩐 일이신가. 새로운 장비를 구매하러 온 겐가?"

대장장이 티버의 물음에, 이안은 고개를 저으며 대답했다.

"아뇨, 오늘은 장비 구매 때문에 온 게 아니에요."

"음, 그럼……?"

"저쪽에 있는 '모루'를 좀 쓸 수 있을까 해서요."

"오호."

이안의 말에, 티버는 무척이나 흥미로운 표정이 되었다.

지금껏 이 대장간에 있으면서, '신병'이 모루를 사용하는 걸 본 적은 거의 없었기 때문이다.

"물론 모루를 사용할 수는 있다네. 이용료만 지불한다면 말이지."

"이용료는 얼마인가요?"

"자네가 신병이니까…… 이용료는 하루에 영웅 점수 50 포인트라네."

티버의 말에, 이안은 곧바로 고개를 끄덕였다.

그리고 모루를 향해 다가가자, 자연스레 그의 눈앞에 시스템 메시지가 떠올랐다.

띠링-!

-'티버의 모루'를 사용하시겠습니까?

-이용료 : 영웅 점수 50/Day

이안은 다시 한 번 고개를 끄덕였다.

그리고 모루에 놓여 있는 망치를 잡자, 또다시 시스템 메시지가 떠올랐다.

띠링-!

-영웅 점수 50을 소모하였습니다.

-지금부터 24시간 동안 '티버의 모루'를 사용하실 수 있습니다.

-'티버의 모루' 기능이 활성화됩니다.

이안은 흥미진진한 눈빛으로 눈앞에 떠오른 시스템 창을 살펴보았다.

콘텐츠 정보 창을 통해 대략적으로는 알고 있었던 내용이지만, 실제로 사용하는 것은 처음이었기에 그의 눈빛은 무척이나 꼼꼼했다.

티버의 모루

용사의 마을 최고의 대장간인 '티버'의 대장간에 있는 모루이다.
용사가 되기 위해 도전하는 사람이라면, 누구나 이용료를 지불하고 모루를 사용할 수 있다.
A. 아이템 강화
*'용사의 강화 마법 정수' 아이템을 사용해 장비를 강화할 수 있습니다.
용사의 장비 최대 강화 단계는 +10강입니다.
B. 아이템 제작
*'용사의 협곡(마을)' 안에서 획득한 재료 아이템을 조합하여, 새로운 용사의 장비를 제작할 수 있습니다.
제작에 사용된 재료가 좋을수록, 제작자의 손재주가 뛰어날수록, 제작되는 아이템의 성능이 강화됩니다.
C. 아이템 분해
*모든 '용사의 장비'를 분해할 수 있습니다.
장비를 분해할 시 제작에 사용할 수 있는 재료를 획득할 수 있습니다.
일정 확률로 '용사의 강화 마법 정수' 아이템을 획득할 수 있습니다.

'후, 내 생각대로 되면 좋겠는데…….'

이안이 지금 하려는 것을 간단하게 설명하면, '신병 등급 이상의 장비 제작하기'였다.

전투병, 혹은 그 이상의 계급에서만 구입할 수 있는 장비들을, 이 '제작' 시스템을 통해 한번 만들어 보려는 것이다.

구매에만 제한이 있고 착용에는 제한이 없다는 허점을 이용해 보려는 것.

그리고 이것은, 사실 도박이었다.

신병등급 이하의 장비들을 분해하여 만들어진 재료들을 가지고 그 이상인 등급의 장비를 만들어 낼 수 있게 되어 있는지는 해 보기 전엔 모르는 일이니 말이다.

'뭐, 그래도 충분히 시도해 볼 만은 하지. 자원은 거의 무한하니까.'

아직도 3천 이상 남아 있는 영웅 점수를 확인한 이안이, 씨익 웃으며 모루의 옵션을 선택하였다.

띠링-!

-'아이템 분해'를 선택하셨습니다.

-분해할 용사의 아이템을 선택해 주십시오.

이어서 이안은, 망설임 없이 아이템들을 갈아 넣기 시작했다.

-'튼튼한 용사의 판금갑옷' 아이템을 분해하였습니다.

-'질긴 가죽' 재료 아이템을 획득하셨습니다.

-'탄력 있는 끈' 재료 아이템을 획득하셨습니다.

-'예리한 용사의 단검' 아이템을 분해하였습니다.

-'질 좋은 철광석' 재료 아이템을 획득하셨습니다.

-'하급 연마제' 재료 아이템을 획득하셨습니다.

그렇게 10여 분 정도가 지났을까?

이안은 장비 상점에서 구매해 왔던 모든 아이템들이 재료가 되어 인벤토리 한편에 수북이 쌓였다.

철야 작업을 마치고 모두가 퇴근한 LB사 지하의 모니터링실.

그곳에는 단 하나의 그림자만이 남아 모니터 앞에 앉아 있었다.

그녀의 정체는 바로, 기획 3팀의 막내 사원인 오혜진.

"으으, 졸려 죽겠네."

그녀가 받은 임무는 다름 아닌, 이안을 비롯한 3인방의 모니터링이었다.

그들을 위해 3팀이 밤새 작업하여 만든 새 콘텐츠를, 세 사람이 어떤 식으로 활용하는지 기록해서 보고하는 것이 그녀의 임무였다.

무척이나 중요한 임무라고 나지찬이 신신당부했기 때문에, 그녀는 감기려는 눈을 억지로 부여잡고 모니터에 집중하고 있었다.

"그나저나 이안, 이 사람은 대체 뭘 하고 있는 거야 아까부터?"

지금 그녀의 눈앞에는 세 개의 모니터가 있었다.

그리고 모니터에는, 각각 이안과 마크 올리버, 리챠오가 떠올라 있었다.

그런데 기획 팀의 의도대로 '전투 수련장'에 들어가 있는 마크 올리버, 리챠오와는 달리 이안은 벌써 1시간째 대장간 밖을 나오지 않고 있었다.

그러니 모니터링하는 입장에서는, 지루할 수밖에 없는 것이다.

또, 한국 서버의 랭커인 이안이 두 사람에 비해 뒤처질까 봐 걱정되기도 했다.

"빨리 수련장에 들어가야 뒤처지지 않을 텐데……."

그리 중얼거린 오혜진은 세 유저의 플레이를 열심히 기록했다.

하지만 1시간이 지나고 2시간이 지나자, 겨우 붙들고 있던 오혜진의 눈꺼풀은 스르르 감길 수밖에 없었다.

철야근무 이후의 모니터링 작업은, 정말 지옥 같은 난이도였으니 말이다.

쌕- 쌕-.

숨소리까지 내며 깊은 잠에 빠져든 막내 사원 오혜진.

그리고 그녀가 잠든 사이…….

-됐다!

세 개의 모니터 중 하나에서 이안의 목소리가 작게 울려 퍼졌다.

띠링-!

-'티버의 모루'에서 축복의 빛이 일렁입니다.

-'아이템 제작'에 '대성공'하셨습니다!

-뛰어난 등급의 아이템이 제작되었습니다.

-'용사의 천룡군장 보주' 아이템을 획득하셨습니다!

찬란하게 뿜어져 나오는 황금빛.

이어서 모루 위에 두둥실 떠오른 푸른 빛깔의 보주.

그것을 확인한 이안은, 저도 모르게 주먹을 불끈 쥐며 탄성을 터뜨렸다.

"됐다!"

이안은 떨리는 손으로 보주를 향해 손을 뻗었다.

그와 동시에 이안의 앞에 아이템 정보창이 떠올랐다.

용사의 천룡군장 보주

분류 : 소환보주
등급 : 유일 (초월)
착용 제한 : 정령력 200 이상 (초월)
소환술사, '정령술' 습득

공격력 : 775~1,035(무기 공격력에 비례하여 정령 마력이 증가합니다)
내구도 : 511/511
*옵션
모든 전투 능력 : +50(초월)
통솔력 : + 0(초월)
친화력 : +10(초월)
정령 마력 : +600(초월)
소환 마력 : +400(초월)
소환된 모든 정령의 생명력이 35퍼센트, 공격력이 25퍼센트 증가합니다.
소환된 모든 소환수의 전투 능력이 10퍼센트만큼 증가합니다.
*천룡군장의 위엄
-기본 지속 효과
정령 마법으로 적에게 치명적인 피해를 입힐 시, 보주의 모든 고유 능력
의 재사용 대기 시간이 1초만큼 감소합니다.
-사용 효과
남아 있는 소환 마력을 전부 소진하여, 반경 50미터 내의 모든 적들을
10초 동안 침묵시킵니다(재사용 대기 시간 : 60초)
*천룡소환
천룡의 분노가 가득 차올랐을 때, 정령의 힘으로 재현된 천룡을 소환하
여 전방의 적을 향해 발출합니다.
소환된 천룡은 정령 마력의 1,550퍼센트만큼의 위력을 가지며, 적에게
적중할 시 가장 가까운 곳에 있는 다른 적을 향해 튕겨 나갑니다.
(5미터 이내에 적이 존재할 시에만 발동되며, 최대 10회 튕길 수 있습
니다.)
(천룡의 분노는 적을 하나 처치할 때마다 3포인트씩 차오릅니다.)
현재 천룡의 분노 : 0/100
*유저 '이안'에게 귀속된 아이템입니다.
다른 유저에게 양도하거나 팔 수 없으며 캐릭터가 죽더라도 드롭되지
않습니다.
*'천룡군장' 세트 아이템입니다.

다른 천룡군장의 아이템을 획득할 시 세트 옵션이 생성됩니다. (봉인)
유저 '이안'에 의해 제작된 천룡군장의 무기입니다.

"크, 크으으!"

보주의 옵션을 확인한 이안은, 계속해서 감탄사를 연발할
수밖에 없었다.

거의 4~5시간 동안 수천의 영웅 점수를 태운 끝에, 드디
어 원하는 등급의 용사 아이템을 얻었기 때문이었다.

"잠깐, 이 정도면 상점에서는 무슨 계급일 때 구입할 수
있는 물건일까?"

이안은 두근거리는 마음으로 '대장장이 티버'가 파는 물건
들을 살펴보았다.

그리고 그것들을 전부 살펴본 결과, 더욱더 확신할 수 있
었다.

막대한 영웅 점수를 태운 자신의 선택이 결코 헛되지 않았
음을 말이다.

'크, 정예병 등급의 아이템들 중에서도 이것보다 좋은 무
기가 없다니!'

이안이 지금까지 쓰던 용사 무기는, 정말 옵션 자체가 전
무한 활에 불과했다.

때문에 '세트 아이템'의 옵션이 아무것도 적용되지 않았음
에도 불구하고, 이 보주를 착용하는 순간 두 배 이상은 강력

한 전투력을 발휘할 수 있게 될 것이다.

"좋아, 이제 남아 있는 영웅 점수도 700점 정도밖에 없고……."

영웅 점수는 지금도 차곡차곡 쌓이고 있기는 했다.

하지만 그것을 감안하더라도 이런 장비를 하나 더 뽑는 것은 무리였다.

이안이 생각하기에, 방금 소모한 수준의 영웅 점수로 이 아이템을 뽑은 것만 해도 충분히 운이 좋다고 생각되었기 때문이다.

"그럼 이제 슬슬 움직여 볼까?"

이안이 티버의 대장간에서 만든 아이템은, 천룡군장 보주 하나만이 아니었다.

각 부위별로 만들어진 장비 중 가장 좋은 녀석들을 한 파츠 씩 쟁여 놓았던 것.

물론 나머지 아이템들은 보주에 비해 훨씬 떨어지는 성능을 가졌지만, 그렇다고 해도 원래 착용하던 장비와 비견할 수준은 아니었다.

하여 모든 장비를 전부 장착하자, 이안의 전투력은 이전과 비교조차 되지 않을 정도로 강력해졌다.

조금 과장하자면, 원래 가지고 있던 장비들을 전부 착용한 것의 70퍼센트 수준까지는 될 만한 스펙을 만들었으니 말이다.

만약 지금 스펙으로 차원의 거울 전장에 다시 들어간다면, 이안은 정말 날아다닐 수 있으리라.

그렇다면 만족스런 스펙을 만들어 낸 지금, 대장간을 나선 이안이 향하고 있는 곳은 과연 어디일까?

"전투 수련장이라……. 그래도 성장할 구멍을 하나 정도는 만들어 주겠다는 건가?"

'전투 수련장'을 언급하며 빠르게 그 좌표를 향해 움직이는 이안.

대장간 안에만 틀어박혀 있던 이안은 놀랍게도 '전투 수련장'이 생겼다는 정보를 알고 있었다.

이안은 전투 수련장이라는 곳이 생겼다는 사실을 몰라서 이곳에 계속 있었던 것이 아니었다.

물론 처음에는 몰랐지만, 전투 수련장을 발견한 마크 올리버가 이안에게 메시지로 알려 주었던 것이다.

하지만 그때 이미 이안은 '아이템 제작'의 가능성을 확인하였고, 때문에 조바심을 참아 내며 대장간에 눌러앉아 있었던 것.

이안은 올리버로부터 받았던 메시지의 내용을 떠올려 보았다.

－마크 올리버 : 이안 님, 어디세요?

—이안 : 저 대장간에서 장비 맞추고 있는데……. 무슨 일이시죠?

　—마크 올리버 : 저 지금 리챠오 님이랑 마을 남쪽에 내려왔는데, '전투 수련장'이라는 새 콘텐츠를 발견했거든요.

　—이안 : 오오, 정말요? 제가 마을 이 잡듯 뒤질 때는 그런 것 본 적이 없는데.

　—마크 올리버 : 저도 마찬가집니다. 이거 갑자기 생성된 건물인 것 같아요.

　—이안 : 그나저나 이런 고급 정보를 제게 공유해 주시다니……. 너무 큰 도움을 받는 거 아닌지 모르겠네요.

　—마크 올리버 : 하하, 아닙니다. 보아하니 이 용사의 마을 이라는 콘텐츠 자체가, 마계와 대립하는 구도인 걸요 뭐. 아마 같은 진영끼리는 서로 도와야, 큰 그림에서 이길 수 있을 겁니다.

　'올리버 그 친구, 참 인성이 된 친구야.'

　올리버의 씀씀이에 감동한 이안은 제작하다가 남은 자투리 장비 한두 개로 그에게 보답할 생각이었다.

　"어디 보자……. 이쯤이었던 것 같은데."

　마을 공터를 쭉 가로질러 남쪽으로 향하자, 분명히 이전까지는 없던 건물 하나가 덩그러니 솟아 있다.

　그것을 발견한 이안은, 씨익 웃으며 입구를 향해 걸음을 옮겼다.

　띠링—!

-'전투 수련장'에 입장하였습니다.

-'신병' 계급이므로, B난이도의 수련장에 입장이 가능합니다.

수련장에 입장한 이안은 빠르게 내부의 전경을 둘러보았다.

먼저 이곳에 와 있을, 마크 올리버와 리챠오를 찾아본 것이다.

하지만 이안의 시야에 두 사람은 들어오지 않았다.

'흠, 수련은 개별적으로 하게 되어 있나 보네.'

고개를 주억거린 이안은 올리버가 알려 준 정보들을 다시 한 번 상기시켰다.

올리버의 말에 의하면 수련장은 '특수 능력치'를 올릴 수 있는 콘텐츠라 하였다.

-마크 올리버 : 아직 정확한 건 더 알아봐야겠지만, 이곳에서는 '특수 능력치'라는 걸 수련할 수 있는 것 같아요.

-이안 : 특수 능력치……요? 그게 뭐죠?

-마크 올리버 : 지금까지 카일란에 없었던 새로운 종류의 스텟인 것 같아요. 저도 이제 입장해서, 아직 정확히는 모르겠어요. 아마 이 전투 수련이라는 게 한 텀 끝나 봐야 알게 될 것 같은데…….

'추가로 연락 온 게 없는 걸 보니, 올리버도 아직 수련을 끝내지 못한 모양인데…….'

'B' 난이도의 수련장으로 통하는 문을 발견한 이안의 한 쪽 입꼬리가 살짝 말려 올라갔다.

다음 요일 이벤트가 발동되기까지 이제 남은 시간은 만으로 하루 정도.

그 사이 이 '전투 수련'이라는 콘텐츠만 만족할 만큼 진전된다면, 제법 많은 공적치를 쓸어 담을 수도 있을 것 같았다.

'특수 능력치라는 게 좀 획기적이었으면 좋겠는데……'

이안은 망설임 없이 게이트를 향해 발을 들이밀었다.

그러자 이안의 신형이 새파란 빛에 휘감기며 어디론가 순식간에 빨려 들어갔다.

카일란에서 새로운 콘텐츠를 하나 만들어 낸다는 것은 그렇게 쉬운 일이 아니었다.

하룻밤 철야작업을 한다고 해서 뚝딱 완성시킬 수 있는 것이 아니라는 말이다.

때문에 나지찬을 비롯한 기획 팀은, 기존에 오픈 예정이었던 콘텐츠들을 조금 수정하여 앞당겨 오픈하는 방식을 택하였다.

그것이 바로 '전투 수련장'과 '특수 능력치'인 것이다.

원래 이 콘텐츠들은 '정예병' 계급의 유저가 나왔을 시 오픈될 예정이었던 콘텐츠였다.

한데 이안을 비롯한 삼인방의 콘텐츠가 끊기자, 그들을 위해 빨리 오픈한 것이다.

원래는 없었던, 낮은 등급의 수련 난이도를 만들면서 말이다.

마을 내에서 공적치를 올릴 새로운 콘텐츠를 추가하는 것은 사실상 불가능했으니, 차후에 뒤쳐진 공적치를 더 빠르게 따라잡을 수 있을 방법을 마련해 준 것이랄까.

물론 기존의 메인 퀘스트를 진행하는 유저들이 이 수련장을 사용할 수 없는 것은 아니었다.

다만 그들의 경우, 이안 삼인방보다 수련장을 사용할 시간이 현저히 부족할 뿐이었다.

메인퀘스트를 진행하는 동안은, 이 수련장에 입장할 수 없었으니까.

철야 작업을 마치고 탈진하기 직전, 나지찬이 남긴 마지막 한마디는 이러했다.

"휴, 이 정도 던져 줬으면……. 아마 그 삼인방이라면 손해 본 것 이상을 뽑아내고도 남을 거야."

그리고 나지찬의 그 말처럼, '전투 수련장' 콘텐츠는 여러모로 이안이 기대한 것 이상이었다.

먼저 수련장의 난이도.

이안이야 템발(?) 덕에 크게 어렵지 않았지만, 절대적인 난이도를 보면 어지간한 유저는 한 번의 트라이로 수료할 수 있는 수준이 아니었다.

'역시 장비 제작에 먼저 시간 투자를 한 것은 옳은 선택이었어.'

아마 이안이었다고 하더라도, 지금의 장비가 아니었다면 좀 더 오랜 시간을 할애했어야 할 것이다.

그리고 두 번째로, 수련장의 보상인 '특수 능력치'.

-첫 번째 수련 과정을 성공적으로 완주하셨습니다.

-B난이도의 수련장을 클리어하셨으므로, C난이도에 도전할 자격이 생기셨습니다.

-용사의 능력을 하나 선택하여 개방할 수 있습니다.

-용사의 능력은, '용사의 협곡' 안에서만 효과를 발휘합니다.

-'용사'등급으로 진급하면, 용사의 능력이 초기화되며 더 강력한 용사의 능력을 선택할 수 있게 됩니다.

-용사의 능력은, 최대 두 개까지 개방할 수 있으므로 신중히 선택하셔야 합니다.

-전투 수련장의 교관 '레미트'에게 이야기하면, 용사의 능력을 전부 초기화할 수 있습니다.

'용사의 능력'이라는 이름의 이 특수 능력들은 이안이 기대했던 것보다 훨씬 다양하고 흥미로웠다.

용사의 능력

A. 용맹
'용맹' 능력이 상승할수록, 용사의 '공격력' 능력치가 대폭 상승합니다. 하지만 그에 비례하여, '방어력' 능력치가 소폭 하락합니다.
(상세 정보 확인)

B. 불굴
'불굴' 능력이 상승할수록, 용사의 '방어력' 능력치가 대폭 상승합니다. 하지만 그에 비례하여, '민첩성' 능력치가 소폭 하락합니다.
(상세 정보 확인)

C. 의지
'의지' 능력이 상승할수록, 용사의 생명력 회복 능력과 저항력이 대폭 상승합니다. 하지만 그에 비례하여, '공격력' 능력치가 소폭 하락합니다.
(상세 정보 확인)

D. 폭발력
'차원 마력' 능력이 상승할수록, 용사가 가진 모든 공격형 고유 능력(마법)의 피해량이 대폭 상승합니다. 하지만 그에 비례하여, '일반 공격'의 피해량이 소폭 하락합니다.
(상세 정보 확인)

E. 전문성
'전문성' 능력이 상승할수록, 용사가 가진 모든 직업 능력치가 대폭 상승합니다. 하지만 그에 비례하여, 모든 전투 능력치가 소폭 하락합니다.
(상세 정보 확인)

F. 과부하
'과부하' 능력이 상승할수록, 용사가 가진 '지능' 능력치가 대폭 상승합니다. 하지만 그에 비례하여, '생명력' 능력치가 소폭 하락합니다.
(상세 정보 확인)

G. 비대화
'비대화' 능력이 상승할수록, 용사의 '생명력' 능력치가 대폭 상승합니다. 하지만 그에 비례하여, '민첩성' 능력치가 소폭 하락합니다.
(상세 정보 확인)

첫 번째 수련을 마치고 이안의 눈앞에 떠오른 특수 능력의 종류는, 무려 스무 가지가 넘었다.

때문에 이안도, 어떤 능력을 개방해야 할지 선뜻 골라내지 못했다.

'이거 참, 탐나는 능력이 너무 많은데…….'

'용사의 능력'은 눈이 돌아갈 정도로 종류가 많았지만, 간단히 요약해 보자면 다음과 같이 설명할 수 있었다.

하나의 스텟을 다운그레이드시키는 대가로, 다른 스텟을 대폭 강화시켜 주는 것

때문에 이 특수 능력을 선택하는 유저는, 자신의 플레이 스타일에 가장 어울리는 능력치를 잘 골라야만 했다.

'일단 눈에 들어오는 건 용맹, 의지. 그리고 폭발력. 전문성이랑 폭주도 탐이 나고…….'

이안은 자신의 평소 전투 스타일을 떠올려 보며, 특수 능력들을 하나하나 비교해 보았다.

하지만 비교하면 비교할수록, 마음에 드는 능력치가 너무 많이 눈에 들어왔다.

'이중에서 가장 효율이 높을 능력치가 뭔지를 계산해 봐야 겠지.'

이안은 스텟 하나하나 세부적인 계수를 비교하여, 실질적으로 가장 효율 높을 능력치가 어떤 것인지를 분석해 보았다.

제법 많은 시간이 할애되었지만, 충분히 그만한 가치가 있는 작업이라고 생각했기 때문이었다.

'음, 용맹은 나쁘지 않긴 한데, 결국 폭발력만큼 효율이 나오진 않겠어.'

용맹 스텟의 경우 공격력을 올려주고, 폭발력 스텟의 경우 스킬 피해량을 올려 준다.

만약 이안이 전사나 궁수였거나 혹은 정령 마법을 제대로 활용하기 전이었더라면 아마 폭발력보다는 용맹을 개방하고자 했을 것이다.

피해량 계수 자체를 올려 주는 것보다, 근본 스텟인 '공격력'을 올려주는 게 DPS에 더 큰 도움이 되기 때문이다.

하지만 지금 이안에게는 '화염시'라는 훌륭한 정령마법과 '마그비'라는 최고의 정령이 있다.

화염시를 거의 일반 공격처럼 사용하는 지금 상황에선, 공격력보다 스킬 피해량이 더 고효율인 것이다.

'자, 그럼 이제 남은 건 폭발력 스텟과 전문성 스텟 사이의 비교인가?'

전문성 스텟의 경우, 모든 '직업 스텟'을 대폭 강화해 주는 능력이다.

그리고 정령술을 주 공격 수단으로 활용하는 이안에게 있어서, 이 전문성 스텟은 완소 스텟이라 할 수 있었다.

정령 마법의 공격력에 영향을 미치는 정령 마력과, 정령 마법을 사용하는 데 필요한 소환 마력을 동시에 올려 주는 스텟이니 말이다.

게다가 통솔력과 친화력 같은 다른 직업 스텟도 올려 주니, 다른 소환수들을 운용함에 있어서도 도움이 되는 스텟이었다.

하지만 얻는 게 많은 만큼 잃는 것도 많은 것이 이 스텟이었다.

한 가지 스텟만 깎아내리는 다른 특수 능력들과 달리, 이 스텟은 모든 전투 스텟을 전부 깎아 버리니 말이다.

'공격력, 방어력, 순발력, 생명력 등 전체적인 전투 능력이 낮아지는 건 꽤 큰 리스크이긴 한데…….'

이안은 '폭발력'과 '전문성' 스텟을 세심하게 분석하며 비교해 보았다.

그리고 그 결과.

"그래, 일단 첫 번째 특수 스텟은 '전문성'으로 개방해야겠어."

마음을 정한 이안은, 망설이지 않고 '전문성' 능력치를 선택했다.

그러자 이안의 시야에, 새로운 시스템 메시지가 떠오른다.

띠링-!

-용사의 능력, '전문성' 능력치를 개방하셨습니다.

-20의 '전문성'능력이 기본으로 주어집니다.

-모든 직업 능력치가 10퍼센트만큼 상승합니다.

-모든 전투 능력치가 5퍼센트만큼 하락합니다.

-용사의 능력은, 수련장을 반복적으로 이용하여 수련할 수 있습니다.

-첫 번째 용사의 능력을 100까지 수련하면, 두 번째 용사의 능력을 개방할 수 있습니다(용사의 능력은 최대 100까지 수련 가능합니다).

메시지를 확인한 이안의 머리가 빠르게 굴러갔다.

'특수 스텟을 100까지 수련하는 데 얼마나 걸릴지는 알 수 없지만……. 아마 말도 안 되게 오래 걸리진 않을 거야.'

특수 스텟은 이 용사의 협곡 안에서만 쓸 수 있는 능력치이다.

게다가 맥시멈이 정해져 있고 언제든 초기화할 수 있다는 점을 보면, 최대치를 만드는 데 엄청난 시간을 투자하도록 설계되지는 않았을 것이다.

'전문성을 100까지 수련하고 나면 직업 능력치 50퍼센트 상승, 전투 능력치 25퍼센트 하락이겠군.'

얼추 계산이 선 이안은, 곧바로 B난이도의 수련장을 나섰다.

그리고 망설임 없이 상위 난이도인 C난이도의 수련장을

향했다.

'지금 내 장비 수준은 정예까진 아니더라도 어지간한 전투병들 이상은 되겠지. 그렇다면 D등급까진 충분히 해 볼 만할 거야.'

수련장의 난이도가 올라갈수록 특수 스텟 수련이 빠른 것은 당연한 사실이었다.

이안은 다음 요일 전투까지, '전문성' 스텟을 최대한 수련해 볼 생각이었다.

100포인트까지 만들어서 '폭발력' 스텟까지 개방할 수 있다면 금상첨화고 말이다.

띠링-!

-C난이도의 수련장에 입장합니다.

짧은 메시지와 함께, 수련장 안쪽으로 빨려 들어가는 이안의 그림자.

그리고 그렇게 이안이 수련에 열을 올리는 동안, 어느덧 다음 날 아침이 밝아왔다.

수요일의 전장

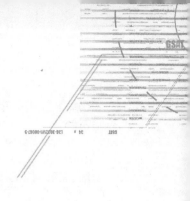

대망의 수요일이 밝았다.

일요일의 요일 전장인 차원의 거울 전투를 치른 뒤 사흘이라는 시간이 꼬박 지났다.

그리고 그 사흘 동안 거의 잠을 안 자다시피한 이안의 두 눈은, 퀭하기 그지없었다.

'으으, 오늘 요일 전장만 치르고 나면 일단 눕기부터 해야지.'

정상적인 루트를 밟은 유저들이 훈련소에 들어간 지도 만 으로 하루 이상이 훌쩍 지난 지금.

그렇다면 메인 퀘스트를 진행 중인 일반 유저들은 지금쯤 어느 정도의 공적치를 모은 것일까?

궁금증을 참지 못한 이안은, 곧바로 훈이에게 메시지를 보내 보았다.

　－이안 : 훈이, 너 지금 계급 뭐냐?

그리고 이안에게 자랑하고 싶어 안달이 나 있던 훈이의 대답은, 칼같이 돌아왔다.

　－간지훈이 : 으흐흐, 크흐흐흿! 이 훈이 님이 너무 빨리 치고 나갈까 봐 두려운 건가?
　－이안 : 쓸데없는 소리 말고 계급이랑 공적치나 보고해 봐.
　－간지훈이 : 쳇, 알겠어. 난 8시간 전쯤 전투병으로 진급했고, 공적치는 한 1,600정도 추가로 모았어. 아마 내일 정도면 정예병 찍을 수 있을 것 같은데? 퀘스트가 끊기지만 않는다면 말이야.
　－이안 : 다른 랭커들은?
　－간지훈이 : 음, 내가 현재 보유 중인 공적치까지 확인할 방법은 없지만, 대부분 나랑 비슷한 상황이라고 보면 될 거야. 비슷한 시기에 다 같이 전투병으로 진급했거든.
　－이안 : 흐으음, 그렇군.
　－간지훈이 : 어차피 곧 만나게 될 거야, 형. 우리도 이제 곧 요일 전장 참여하러 내려갈 테니까.
　－이안 : 알겠다.

대화를 마친 이안은, 속으로 한숨을 푹 쉬었다.

'휴, 어느 정도 예상하긴 했지만……. 기대했던 것보다 더 빠른데?'

현재 이안의 공적치 현황은 '전투병'까지 100정도를 남겨 놓은 상태.

훈이와 비교한다면 1,700정도의 격차가 벌어진 것이다.

'후, 이번 요일 전장에서 아무리 발버둥 쳐도, 역전은커녕 절반도 못 따라가겠군.'

어쨌든 이안은, 일요 전장에서 최고의 공적치를 올렸었다.

물론 지금과 비교하면 허약하기 그지없는 스펙으로 전장에 참여했지만, 어쨌든 1위로 전투를 마감했던 것이다.

그리고 그 전투에서 이안이 얻은 공적치는, 고작 300정도.

요일 전장마다 보상의 크기가 크게 상이하지는 않을 테니, 얻을 수 있는 공적치도 엄청나게 늘어나지는 않을 것이다.

아무리 스펙이 올라간 지금이라 하더라도 말이다.

'한 500포인트나 얻을 수 있으려나…….'

이안이 500포인트를 얻는 동안, 다른 유저들도 놀고 있지는 않을 터.

아마 줄일 수 있는 격차는 더욱 적을 게 분명했다.

아랫입술을 살짝 깨문 이안은 천천히 수련장을 나섰다.

이제 요일 전장 발동까지는 30여 분 정도가 남은 상태.

더 이상 수련장에 들어가기는 애매한 시간이었다.

'낮은 등급으로 들어가서 빠르게 한 바퀴 돌면, 1스텟 정도는 더 올릴 수 있을지도 모르겠지만…….'

이안은 고개를 절레절레 저으며, 공터 한편에 있는 바위에 털썩 걸터앉았다.

그 1스텟을 위해 마지막 힘까지 쥐어짜 내는 것은 효율이 너무 안 좋았으니 말이다.

'후후, 그래도 이 정도면 하루 만에 올린 스텟 치고는 충분히 만족스럽군.'

기분 좋은 표정을 지은 이안은, 자신의 특수 스텟 정보 창을 오픈해 보았다.

영웅 능력치 현황

보유 능력치 : '전문성'
A. 전문성
현재 능력치 : 67
수련 진행도 : 37퍼센트
–모든 직업 능력치가 33.5퍼센트만큼 상승합니다.
–모든 전투 능력치가 16.75퍼센트만큼 하락합니다.
*'전문성'을 훌륭하게 갈고닦으셨습니다.
당신의 전문 분야에서 더욱 대단한 힘을 발휘하게 될 것입니다.

정보 창을 확인한 이안의 한쪽 입꼬리가 슬쩍 말려 올라갔다.

'크, 모든 직업 스텟 33.5퍼센트 상승이라니. 전투 스텟 16

퍼센트 정도는 충분히 희생할 만한 수치야.'

전투 스텟의 희생으로 인해 이안은 생명력과 방어력, 민첩성 등의 손해를 보았다고 할 수 있다.

물론 공격력이나 지능의 손해도 보기는 했으나, 이 부분은 수치상으로의 손해일 뿐, 실질적인 전투에는 큰 영향을 끼치기 않는 것이다.

지능 스텟이야 원래 마법사 계열의 유저가 아니라면 큰 영향을 받지 않는 능력치이다.

만일 정령왕의 심판이나 블러드 리벤지와 같은 아이템을 활용할 수 있는 상황이라면 공격력 손실이 아쉽겠지만, 지금 이안이 활용할 수 있는 가장 좋은 무기는 '천룡군장'의 보주뿐이었다.

어차피 보주와 화염시를 주로 활용할 지금의 상황에서 일반 공격력은 거의 무의미하다고 할 수 있는 것이다.

"으읏차!"

크게 기지개를 켜며, 뭉쳐 있는 근육들을 풀어 주는 이안.

그리고 잠시 후, 수련장 안에서 익숙한 두 사람의 그림자가 차례로 걸어 나왔다.

그들의 정체는 당연히, 마크 올리버와 리챠오였다.

"오, 이안 님, 빨리 나와 계셨군요."

"네. 마침 수련이 마무리되었는데, 한 번 더 돌기에는 시간이 애매해서요."

이안의 말에 올리버는 고개를 끄덕였다.

그리고 그를 뒤따라 걸어온 리챠오가 초롱초롱 빛나는 눈으로 이안을 향해 물었다.

"이안, 그대는 저 안에서 어떤 능력을 수련했소?"

리챠오의 물음에, 이안은 선선히 자신의 수련 능력에 대해 대답해 주었다.

딱히 숨길 이유가 없기도 하고, 이안 자신도 리챠오의 능력이 궁금했기 때문이었다.

"전, 전문성 능력을 수련했습니다."

"오오, 이유를 좀 여쭤도 되겠소?"

"뭐, 그야 간단하죠. 제 전투 방식이 소환술사 직업 능력치들에 가장 큰 영향을 받으니까요."

이안의 답변에, 리챠오는 흥미로운 표정이 되었다.

그리고 그것은 옆에 있던 마크 올리버 또한 마찬가지였다.

올리버는 한쪽 손으로 턱을 만지작거리며 살짝 생각에 잠겼다.

'오호, 전문성 스텟이라……. 이안 님의 전투 방식이랑 매치가 잘 안 되는데.'

그가 이와 같이 생각하는 이유는, 다른 것이 아니었다.

지금까지 올리버가 보아 온 이안의 전투 방식은 소환수를 운용한 전투만큼이나 이안 본인의 전투 참여가 비중이 컸기 때문이었다.

올리버는, 당연히 이안이 '용맹'이나 '폭주' 능력을 개방했을 줄 알았던 것이다.

'이렇게 되면, 이안 님이 날리던 불화살이 소환술사 직업 스텟과 관련이 있다는 말이 되는군.'

세 사람은 요일 전장이 오픈되기까지 둘러앉아 계속해서 이야기를 나누었고, 그 결과 이안도 나머지 둘이 선택한 특수 능력에 대해서 들을 수 있었다.

마법사인 마크 올리버가 선택한 특수 능력은 '과부하'였고, 전사인 리챠오가 선택한 특수 능력은 '폭주'였다.

둘의 특수 능력 선택은 무척이나 스탠다드하다고 할 수 있었다.

"자, 이제 슬슬 수요일 요일 전장이 열릴 때가 된 것 같군요."

올리버가 운을 떼며 일어나자 이안과 리챠오 또한 천천히 자리에서 일어났다.

그리고 그 순간.

띠링-!

용사의 협곡에 입장해 있는 모든 유저들의 눈앞에 일제히 시스템 메시지가 떠올랐다.

-수요일 '요일 이벤트'가 시작됩니다.

-요일 전장에 참가하실 분들은, '용사의 광장'으로 이동해 주시길 바랍니다.

카일란의 공식 홈페이지에 잠시 노출되었던, '차원의 거울' 토요일 요일 전장 방송.

그것이 노출된 시간은 단 10분 정도에 불과했지만 그 파장은 어마어마했다.

그 10분의 시간 중 6분 정도를 중국 서버의 어떤 유저가 녹화해서 '유캐스트'에 올린 것이다.

용사의 협곡 콘텐츠가 궁금했던 일반 유저들에게는 그야말로 가뭄의 단비와도 같은 영상이었다.

이것은 유캐스트에 올라가자마자 전 세계적으로 이슈가 되었고, 엄청난 속도로 퍼져 나가기 시작했다.

그리고 그 영상의 중심에는 이안을 비롯한 일곱 명의 랭커들이 존재했다.

더해서 영상의 하단에, 세계 각국의 언어로 수없이 많은 댓글들이 달렸음은 물론이었다.

-와, 이게 진짜 세계 랭커들의 클래스!

-인간계 랭커들도 엄청나지만, 마계 랭커들 진짜 대박이네……! 이건 진짜 깔 게 없는 플레이야.

-그런데 저 특이한 형태의 광역마법은 대체 뭐지? 우리 미국 서버에는 저런 마법을 쓰는 랭커가 없는데?

-저 사람, '진법가'라는 클래스를 가졌다는 중국의 랭커인 것 같아. 크으, 저 광역 마법이랑 암살자의 공격 연계가 정말 예술이군!

-아, 저 마법사는 그럼 중국 유저군. 그렇다면 저 암살자는 어느 나라 유저지? 혹시 아는 사람 있어?

-저 유저는 '림롱'이라고, 한국 서버 유저야. 한국 서버 암살자 랭킹 1위 유저지.

-와, 암살자 진짜 멋지다.

그런데 재밌는 점은, 영상에서 큰 이슈가 된 것이 마계의 랭커들이라는 부분이었다.

차원의 거울 전투는 인간계 유저들이 승리했는데, 대체 어째서 마계의 유저들이 더 세간의 주목을 받게 된 것일까?

그 이유는 간단했다.

이 영상이 노출되었던 10분의 시간은, 인간계가 아닌 마계가 이기고 있었던 차원의 거울 전투 '초반부'였기 때문이었다.

초반에 다소 우왕좌왕하는 모습을 보였던 인간계의 랭커들은, 마계의 랭커들에 비해 비교적 조명받지 못하게 되었던 것.

물론 이안과 마크 올리버, 그리고 리챠오의 활약도 충분히 훌륭했지만, '비교 우위'라는 것은 어쩔 수 없었다.

-아, 영상이 짧아서 너무 아쉽다. 이거 최소 1시간 넘는 전투였을 텐데.

-그러게. 이거 풀버전 영상 어디서 구할 수 없나?

-그게 있었으면 이미 퍼졌겠지.

-맞아. 이거 LB사에서 실수로 유출된 영상이라고 알고 있어.

-쳇, 치사하네. 기왕 유출된 거 풀 버전 공개 좀 하지.

-그나저나 이 전투는, 결국 마계가 이겼겠지?

-아마 그렇지 않을까?

-나도 그렇게 생각해. 인간계는 유저 숫자도 하나 부족하고, 이거 전장 특성상 역전이라는 게 엄청 힘들어 보이는 구조였어.

-하긴, 그건 그래.

-으, 나도 어서 용사의 마을 들어가 보고 싶다.

-난 용사의 마을 가려면 최소 1년은 걸릴 듯 ㅋㅋ

요일 전장의 영상이 처음 유출된 것은, 용사의 협곡 콘텐츠가 오픈된 직후인 일요일 밤이었다.

그리고 이 유출 영상은 그로부터 나흘째가 되는 수요일까지도 수많은 유저들의 입을 오르내리는, 그야말로 식을 줄 모르는 뜨거운 감자였다.

그리고 이 열기가 채 식기도 전, 카일란의 공식 홈페이지에 사람들을 더욱 열광하게 만들 공지사항이 떠올랐다.

-용사의 협곡 요일 전투 방송 안내

*금일 오후 9시부터 공식 홈페이지와 커뮤니티에서, 동시에 용사의 협곡에서 벌어지는 요일 전투가 방영됩니다.

영상은 실시간으로 송출되는 LIVE방송이며, 영상 방영과 관련하여 몇 가지 이벤트를 진행합니다.

－EVENT 1

전장의 승리 진영을 맞혀라!

수요일 요일 전장에서 승리한 진영을 맞춘 유저 전원에게, '용사의 무작위 상자' 아이템을 선물로 드립니다.

'용사의 무작위 상자'에는, 10~100만 사이의 골드가 무작위로 들어 있습니다.

－EVENT 2

전장의 최고 영웅을 맞혀라!

수요일 요일 전장에서 최고의 공헌도를 달성할 랭커의 이름을 맞춘 유저 분들 중 천명을 추첨하여, '용사의 칼자루' 아이템을 선물로 드립니다.

'용사의 칼자루' 아이템은 '신화' 등급의 액세서리 아이템이며, 옵션은 차후에 공개됩니다.

"이야!"

모니터를 지켜보던 세미는, 자신도 모르게 탄성을 내질렀다.

"신화 등급의 액세서리라니……. 이거 대박인데?"

애초에 액세서리 아이템들은 전투력에 미미한 영향을 미친다.

옵션 자체가 최대 세 개 이상 붙지 않을뿐더러, 그 수치도 한정되어 있기 때문이다.

하지만 액세서리의 장점은, 레벨 제한이 없다는 것과 희귀하다는 것이다.

게다가 이런 이벤트로 뿌리는 액세서리의 경우 한정판 아이템일 확률이 높았다.

"이건 당첨만 되면, 최소 1천만 원대부터 시작이야."

주먹을 불끈 쥔 세미는 곧바로 이벤트 페이지에 접속하였다.

그리고 망설임 없이…….

　A : 인간계 진영
　B : 이안

답안지를 작성하여 제출하였다.

'이번에는 또 어떤 방식의 전투일까?'

수요일의 요일 전장에 입장하기 위해, 광장에 모인 직후.

이안이 가장 먼저 떠올린 생각은 바로 이것이었다.

'거울전장보다 더……. 아니, 그만큼 참신한 콘텐츠가 또 나올 수 있으려나?'

'차원의 거울' 전장은, 이안조차 감탄할 정도로 참신한 콘텐츠였다.

그런 콘텐츠를 한 번 겪고 나니, 이번 요일 전장에도 기대가 되는 것은 어쩔 수 없는 것이다.

그리고 그런 이안의 귓전에 웅웅거리는 목소리가 울려 퍼졌다.

"자, 모두 모였는가?"

묵직한 중저음의 목소리와 함께, 광장의 단상에 올라서 있는 한 남자의 모습.

이안이 생각하기에 그는, 지금껏 이 용사의 마을에서 만났던 어떤 NPC보다도 직책이 높은 것 같았다.

'파커의 직책이 중대장이었으니, 저 녀석은 대대장쯤 되려나?'

용사의 길에 있었던 카미레스에 비교할 바는 아니었지만, 착용하고 있는 갑주를 비롯한 군장들이 무척이나 화려하고 번쩍거렸기 때문이었다.

그리고 이안이 그런 생각을 하는 사이, 남자의 말이 이어졌다.

"나는 천룡부장天龍副將 한센이다. 난 지금부터 여러분들 중, 전장에 참여할 용사를 선출할 것이다."

한센이라는 남자의 말을 들은 좌중은 동시에 의아한 표정이 되었다.

당연히 다 같이 전장에 들어간다고 생각했는데 '선출' 한다는 이야기를 하니 말이다.

그리고 유저들이 뭐라 판단을 하기도 전에, 한센의 말이 계속해서 이어졌다.

"여기 너, 너. 그리고 너. 이쪽으로."

유저들이 벙 쩌 있는 사이, 한센의 용사 선출은 무척이나 신속하게 이뤄졌다.

그리고 이안 또한 그에게 불려, 단상의 뒤쪽으로 이동했다.

"흠, 그래. 여기 이 친구까지 스물넷. 맞지?"

한센의 물음에, 중대장 파커가 바짝 군기 든 모습으로 대답했다.

"예, 장군님!"

그리고 좌중을 한번 둘러본 한센이 고개를 끄덕이며 입을 떼었다.

"좋아, 그대들은 이쪽 푸른 게이트로. 나머지는 그 뒤쪽에 있는 백색의 게이트로 들어가도록."

이안뿐 아니라 그 누구도 지금의 상황이 도무지 이해할 수 없었다.

뭔가 착착 진행이 되고 있는 것 같기는 한데, 상황에 대한 설명은 일체 없었으니 말이다.

NPC들이 너무 불친절하달까.

'지금 이 광장에 모인 인원이 총 오십 명 정도 되는 것 같

은데……. 스물네 명만 따로 뽑은 이유가 뭐지?'

이안은 머리를 열심히 굴려 추측해 보려 했다.

그리고 그것은 이안의 옆에 있던 훈이도 마찬가지였다.

"형, 이게 지금 대체 뭐 하는 걸까?"

"글쎄……."

"이거, 뽑힌 게 더 좋은 건 맞는 거겠지?"

"아마 그럴 것 같은데. 뽑힌 유저들이 전부 전투병 이상의 계급인 걸 봐선 말이지."

"형은 신병인데 뽑혔잖아?"

"음? 그리고 보니 그러네."

훈이와 대화를 하던 이안은, 다시 한 번 고개를 갸웃했다.

천룡부장 한센이 뽑은 열여섯 명의 유저들은 이안을 제외하곤 전부 전투병 계급이었던 것이다.

게다가 전투병임에도 불구하고 안 뽑힌 유저도 한둘 정도 있었으니, 도무지 기준을 알 수 없었던 것.

하지만 더 이상은 추론할 수 있는 근거도 부족할뿐더러, 생각할 시간도 그리 많지 않았다.

"거기, 친구. 뭐해? 빨리 들어가지 않고."

중대장 파커의 말에, 이안은 하던 생각을 멈추고 빠르게 움직일 수밖에 없었다.

"아, 옙. 갑니다."

이안은 한센의 선택을 받은 스물넷 중 하나.

때문에 그가 들어설 곳은, 푸른 빛깔의 게이트였다.

그리고 이안이 그 푸른 게이트에 발을 디딘 순간…….

위이잉-!

커다란 공명음과 함께, 이안의 눈앞에 새로운 시스템 메시지가 떠오르기 시작했다.

-'신의 말판' 전장에 오신 것을 환영합니다.

대부분의 학생들이 퇴교한, 저녁 9시의 한산한 한국대학교 캠퍼스.

하지만 유일하게 북적이는 곳이 한 군데 있었는데, 그곳은 바로 가상현실과의 대 강의실이었다.

무려 이백여 명이 넘게 수용 가능한, 가상현실과에서 가장 큰 강의실인 이곳 대강의실.

그런데 지금 이 대강의실은, 정말 한 자리도 빠짐없이 학생들로 가득 차 있었다.

그리고 이백이라는 숫자는, 가상현실과의 전 학년 학생들이 다 모여야 가능한 수준.

그들 중에는 당연히, 세미와 영훈도 앉아 있었다.

"흐으, 기대된다. 세미 너, 이벤트 응모는 잘 하고 온 거지?"

"당연하지."

"답안 어떻게 적었어?"

"아마 여기 있는 모든 학생의 답이 같을걸?"

"흐흐, 너무 당연한 건가?"

평소의 강의 시간과는 달리, 어쩐 일인지 맨 앞줄에 앉아 키득거리는 두 사람.

두 사람의 표정은 결코, 강의를 기다릴 때의 우울하고 생기 없는 표정이 아니었다.

오히려 그들은 한껏 들떠 있었다.

그리고 다른 모든 학생들도 마찬가지이고 말이다.

그렇다면 수업도 없는 이 시각에, 대체 이 많은 학생들이 왜 강의실에 모여 있는 것일까?

그 이유는, 강의실 앞에 켜져 있는 거대한 스크린을 보면 바로 알 수 있었다.

-자, 방금 LB사로부터 문서가 도착했습니다.

-오오, 하인스 님, 어서 열어 보도록 하죠. 카일란 기획 팀에서 이번에는 또 어떤 콘텐츠를 내놓았을지 궁금해 죽겠네요.

-하하, 저도 마찬가집니다, 루시아 님. 그럼 지금부터, 이 새로운 전장의 룰에 대해 같이 살펴볼까요?

-얼른요. 지금 경기가 시작되기 전까지 시간이 얼마 없다고요.

강의실 스크린에 떠올라 있는 것은, 다름 아닌 게임 방송 YTBC.

지금 가상현실과의 학생들은, 용사의 협곡 전투를 시청하기 위해 이 대강의실에 모여 있었던 것이다.

　-오호, 전장의 이름은 '신의 말판'이라고 하네요.

　-'신의 말판'이라……. 대체 뭘까요?

　-글쎄요. 말판 하면 떠오르는 긴 장기판, 체스판밖에 없는 것 같은데…….

　-호오, 그러네요. 정말 체스와 관련이 있을까요?

　-그건 열어 봐야 알겠죠.

　이백 명이라는 많은 인원이 모여 있어 다소 시끌벅적하던 강의실은 갑자기 쥐 죽은 듯 조용해졌다.

　스크린에서 본격적인 전장에 대한 이야기를 시작했기 때문이었다.

　세미와 영훈도, 조용한 목소리로 속삭이듯 대화했다.

　"뭐지? 체스라고? 대체 뭘 하려는 걸까?"

　"그러게. 진짜 상상도 안 되네."

　이어지는 하인스와 루시아의 대화.

　-자, 그럼 LB사에서 보내 온 파일을 시청자 여러분들과 함께 보도록 하겠습니다.

　-아, 이거 참 설레네요. 직접 참전하는 것도 아닌데 왜 이렇게 두근거릴까요?

　-후후, 그야 한국 랭커들이 활약하기를 바라는 마음에서 아닐까요?

　그리고 하인스와 루시아가 떠올라 있던 스크린의 화면이,

새로운 화면으로 전환되었다.

영웅의 협곡 한쪽에 뾰족하게 솟아 있는 하나의 봉우리와 그 주변에 걸려 있는 신비로운 은청빛의 구름들.

신비로운 풍경을 멀찍이서 보여 주던 화면은 점점 확대되었고, 그것을 확인한 세미는 저도 모르게 작은 목소리로 중얼거렸다.

"엇, 저거 진짜 장기판 같은데?"

영훈 또한 고개를 끄덕이며 동조했다.

"그, 그러네? 장기판인 것 같기도 하고 체스판인 것 같기도 하고……. 좀 특이한데?"

"아냐, 자세히 보면 장기나 체스와는 좀 달라."

"뭐가?"

"말판이 훨씬 더 촘촘하고 많거든."

"그런가?"

봉우리의 꼭대기에 얹혀 있는 거대한 바위.

바위의 상단은 평평하고 매끈하게 잘려 나가 있었고, 그 위에는 익숙한 형태로 홈이 패여 있었다.

세미와 영훈의 말처럼, '장기판'을 그리듯이 말이다.

시청자들로 하여금 호기심을 자극하는 신비로운 광경.

이어서 그 말판 위로, 마치 '장기짝'처럼 실루엣이 나타나기 시작했다.

우웅– 우우웅–!

그리고 그와 동시에, 하인스의 설명이 이어졌다.

−용사의 협곡 수요 전장의 이름은 '신의 말판'. 지금부터 이 전장의 룰에 대해 설명드리도록 하겠습니다.

한차례 마른침을 삼킨 하인스는 LB사로부터 받은 문서를 읽기 시작했고, 그것은 무척이나 복잡했다.

한 번 들은 것으로는 쉽게 이해할 수 없을 정도로 말이다.

하지만 하나 분명한 것은, 이 콘텐츠가 무척이나 흥미롭다는 것이었다.

"와, 이거 대박인데!"

영훈은 자신도 모르게 탄성을 내질렀다.

하인스가 설명한 내용들을 간단히 정리하자면 다음과 같았다.

1. 천계 진영과 마계 진영에서, 각각 스물넷의 가장 뛰어난 유저를 선출한다.

(유저의 선출 기준은 '전투력'과 '계급'이며, 전투력은 유저의 스텟과 장착한 장비에 의거해 측정된다.)

(선출되지 않은 유저는, 속해 있는 진영이 승리할 시에만 일괄적으로 100의 공헌도를 획득할 수 있다.)

2. 선출된 유저들은 푸른 게이트를 통해 전장으로 이동되며, '신의 선택'에 따라 말판에 배치된다.

3. 말판의 위치에 따라 유저의 직책이 결정되며, 직책에 따라 움직일 수 있는 범위가 달라진다.

*직책

-대장군 : 가장 뒤 열의 중앙에 위치하며, 한 턴에 최대 다섯 칸을 움직일 수 있다.

대장군이 사망할 시, 전투에서 패배한다.

(적을 처치할 시 추가로 두 칸 이동 가능하며, 전투를 한 번 더 할 수 있음.)

-보좌관 : 대장군의 좌우에 위치하며, 한 턴에 세 칸을 움직일 수 있다.

적에게 공격받을 시, 능력치가 10퍼센트 상승한다.

(대장군의 주변에 서 있을 시, 대장군의 전투를 지원할 수 있음.)

-돌격대장 : 후열의 양 측방에 위치하며, 한 턴에 최대 열 칸을 움직일 수 있다.

적을 공격할 시, 능력치가 5퍼센트 상승한다.

(이동 경로에 아군이나 적군이 있을 시, 1회에 한해 뛰어넘을 수 있다.)

-의무대장 : 양쪽 보좌관의 옆에 위치하며, 한 턴에 최대 다섯 칸을 움직일 수 있다.

모든 영웅들 중 유일하게 회복 계열 스킬 사용이 가능하며, 한 턴에 최대 2회 아군을 치료할 수 있다.

한 번 아군을 치료할 때마다, 대상의 30퍼센트만큼의 생명력을 회복한다.

('사제' 클래스만 선출될 수 있는 직책이다. 적을 먼저 공격할 수는 없지만, 공격받았을 시 전투는 가능하다.)

-병사 : 각 진영의 최전방에 배치되며, 한 턴에 최대 두

칸을 움직일 수 있다.

4. 천계 진영과 마계 진영이 번갈아 가며 말을 움직일 수 있고, 시스템이 정해 주는 순서에 따라 차례가 오게 된다.

5. 말끼리 만나 전투가 벌어지면 말판의 중앙에 대전장이 생성되며, 두 유저 간의 대진이 시작된다.

대전에서 패배한 유저는 '죽은 말'이 되어 전장 밖으로 소환된다.

대전 중에는 '의무대장'을 제외하면 생명력을 회복할 수 없으며, 전투가 끝나더라도 입은 피해가 회복되지는 않는다.

천룡부장 한센의 설명을 전부 들은 이안의 얼굴에는 흥미진진한 표정이 어려 있었다.

'와, 이거 무슨 보드게임 같잖아?'

이안이 보기에 '신의 말판' 전장이야말로, 기획력의 결정체라고 할 수 있었다.

매 턴 벌어지는 전투는 마치 1:1 '토너먼트'식 대전 같으면서도 그 룰과 방식은 마치 장기나 체스를 연상케 하는, 그야말로 신박하기 그지없는 방식의 전투.

대략적으로 룰을 이해한 이안은, 한껏 들뜬 표정으로 전장을 바라보았다.

'직책이 정말 다양하네. 기왕이면 대장군이나 돌격대장으로 들어갔으면 좋겠는데…….'

전장의 중심이 되어 신나게 킬 포인트를 올리고 싶은 이안은 두근대는 심장을 진정시키며 전투가 시작되기를 기다렸다.

직책만 제대로 얻어걸리면, 그야말로 슈퍼플레이를 보일 수 있을 것 같았다.

'제발 대장군……!'

그리고 잠시 후, 이안의 눈앞에 새로운 시스템 메시지들이 떠오르기 시작했다.

-각 진영 유저들의 직책이 정해집니다.

한 줄의 시스템 메시지와 함께, 한 명씩 호명되기 시작하는 천군 진영의 유저들.

-……유저의 직책이 '대장군'으로 설정되었습니다.

-……유저의 직책이 '보좌관'으로 설정되었습니다.

-……유저의 직책이…….

그리고 그 메시지들의 끝에…….

-'이안' 유저의 직책이 '병사'로 설정되었습니다.

이안을 우울하게 만드는 한 줄의 메시지가 떠올랐다.

이안의 장비는 분명, 이 '신의 말판' 전장의 안에 있는 어떤 유저보다도 뛰어나다.

더해서 이안의 스텟 또한 어떤 유저와 비견할 수 없이 높을 것이다.

계급 상승이 스텟에 미치는 영향이 없지는 않지만 어차피 전투병에 비해 한 계급 정도밖에 떨어지지 않으며, 전투 수련으로 올린 특수 스텟의 정도가 다른 유저들과는 비교되지 않을 정도였기 때문이다.

그렇다면 이안은 대체 왜 가장 낮은 직책인 '병사'로 전장에 들어서게 된 것일까?

'아마 계급 때문이겠지.'

이안은 용사의 협곡 계급이 이 전장에서 포지션을 선출하는 데 가장 크게 작용하는 기준이라 확신했다.

이안은 말단 병사라도 되었지만, 리챠오와 마크 올리버는 아예 참전조차 하지 못했기 때문이었다.

그나마 이안의 경우, 아이템발과 스텟발이 어우러져 겨우 턱걸이는 할 수 있었던 것.

왠지 억울해진 이안은 아랫입술을 살짝 깨물며 속으로 다짐했다.

'병사면 어때. 붙어서 이기면 그만이지.'

하지만 잠시 후 눈앞에 떠오르기 시작한 시스템 메시지들은, 이안의 다짐에 다시 힘이 쭉 빠지게 만들어 버렸다.

-'신의 말판' 전장, 세부 설정을 알려 드립니다.

-첫째, 유저의 직책에 따라 기본적으로 능력치가 보정됩니다.

-병사 : 모든 전투 능력 +0퍼센트/모든 직업 능력 +0퍼센트

-특수병 : 모든 전투 능력 +0퍼센트/모든 직업 능력 +50퍼센트

-장교 : 모든 전투 능력 +35퍼센트/모든 직업 능력 +25퍼센트

-장군 : 모든 전투 능력 +70퍼센트/모든 직업 능력 +50퍼센트

-대장군 : 모든 전투 능력 +100퍼센트/모든 직업 능력 +100퍼센트

'하, 이건 보정이 왜 이렇게 심한 거야?'

메시지를 확인한 이안은 어이없는 표정이 되어 버렸다.

직책으로 인한 스텟 버프 정도가 너무 엄청났기 때문이었다.

'내가 아무리 템발, 수련발이 좋아도 병사 상태로는 어지간한 장교도 버겁겠는데?'

70퍼센트나 스텟이 뻥튀기되는 장군 직책부터는 정말 답이 없었고, 35퍼센트 정도의 스텟 버프를 받는 장교 정도까지가 비벼 볼 만한 수준이었다.

'이러면 병사들은 너무 게임이 재미없잖아?'

이런저런 특수 능력에 추가 스텟까지 있는 다른 직책들과 달리 정말 총알받이나 다름없는 설정인 병사 계급을 보며, 이안은 자신도 모르게 깊은 한숨을 내쉬었다.

"휴우……."

이 상황에서 공적치를 최대한 많이 획득하려면, 이안이 할 수 있는 것은 상대 진영 병사들을 최대한 많이 처치하는 것

뿐이었고, 그것은 너무 한계가 뚜렷했으니까.

하지만 이러한 이안의 불만을 듣기라도 한 것인지, 또다시 메시지가 떠오르기 시작했다.

—둘째, '병사' 계급과 '장교' 계급에 한해, 킬 포인트를 3개 올릴 때마다 직책이 상승합니다(직책은 최대 '장군'까지 상승이 가능합니다).

—셋째, '병사' 계급으로 시작한 유저가 적 '대장군'을 처치할 시 전장에서 획득한 공적치가 300퍼센트만큼 증가합니다.

그리고 여기까지 확인한 이안의 표정은, 언제 시무룩했었냐는 듯 생기가 돌았다.

'크으, 그럼 그렇지! 카일란이 날 실망시킬 리 없었어!'

분명 병사 직책은, 이 전장에서 가장 불리한 직책이 맞다.

이안이 생각했던 것처럼, '총알받이' 포지션도 맞고 말이다.

하지만 이안이 불만스러웠던 가장 큰 이유는, 단지 '불리' 때문만이 아니었다.

불리를 극복했을 때, 그에 상응하는 보상이 없기 때문일 뿐이었다.

병사로 10킬을 올리든 장군으로 10킬을 올리든 얻을 수 있는 보상이 다를 게 없다면, 너무 힘 빠지는 일이 아닐 수 없으니 말이다.

'하지만 이렇게 되면 다르지.'

이안의 눈이 반짝였다.

킬 포인트를 쌓을 때마다 진급이 가능하고, 나아가 상대 진영의 '대장군'을 처치했을 시 세 배의 공적치를 획득할 수 있다면 한번 의욕을 불태워 볼 만한 일이었다.

'좋아, 전략을 찬찬히 잘 짜서……'

이안이 이런저런 생각을 하는 동안, 추가로 시스템 메시지가 더 떠올랐다.

—넷째, 모든 전투에서 공격자의 전투 능력이 15퍼센트만큼 상승합니다.

—다섯째, 본인의 턴에 '수비 모드' 활성화 시 한 차례 턴이 넘어가게 되며 다음 턴이 돌아올 때까지 전투 능력이 10퍼센트 증가합니다(한 걸음이라도 움직이면 수비모드를 활성화할 수 없습니다).

그리고 메시지들을 전부 확인한 이안은, 멀찍이 보이는 상대 진영을 향해 시선을 옮겼다.

'좋아, 룰은 이제 다 이해했으니……. 적장의 목을 따 주도록 하지.'

이안은 의욕을 불태웠다.

'병사'라는 직책의 불리함은 제법 컸지만, 그것을 극복했을 때 돌아오는 보상또한 충분히 달콤했으니까.

그리고 이안이 의지를 다지는 사이, 그를 비롯한 모든 천군 진영 유저들의 주변으로, 파란 빛줄기가 쏟아져 내렸다.

—각자의 위치로 이동됩니다.

그리고 이안의 자리는…….

"……!"

최전방에서도 정중앙이었다.

위잉— 위이잉— 윙—!

연달아 울려 퍼지는 공명음과 함께, 널따란 말판 위에 각 진영의 용사들이 소환되기 시작한다.

진영별로 각각 스물넷, 총 마흔 여덟의 인원이 가지런히 도열한 신의 말판.

스물네 명의 직책 구성은, 다음과 같았다.

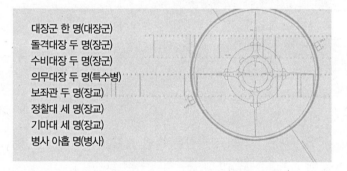

대장군 한 명(대장군)
돌격대장 두 명(장군)
수비대장 두 명(장군)
의무대장 두 명(특수병)
보좌관 두 명(장교)
정찰대 세 명(장교)
기마대 세 명(장교)
병사 아홉 명(병사)

진영의 최전방에 도열해 있는 것은, 당연히 아홉 명의 병사들이었다.

다만 조금 재밌는 것은, 아홉 명의 병사들이 전부 일렬로 배치되어 있는 것이 아니라는 점이었다.

병사들의 위치는 앞뒤로 지그재그로 배열되어 있었던 것.

하여 정확히 설명하자면, 진영의 가장 앞 열에 다섯의 병사들이 배치되어 있고 바로 뒤 열에 넷의 병사가 배치되어 있는 형국이었다.

그중 이안의 자리는, 전장의 정 중앙이고 말이다.

'으, 이건 좋지 않은데…….'

너무 당연한 얘기겠지만, 전장의 중앙은 적들의 표적이 되기 아주 좋은 위치다.

그리고 이안은 결코 눈에 띄길 원치 않았다.

적 진영의 장군이나 장교들에게 표적이 되면, 뭔가를 해보기도 전에 게임 아웃될 수 있기 때문이었다.

'처음엔 최대한 신중하게 움직여야 해.'

이안은 입술을 살짝 깨물며, 상대 진영까지의 거리를 계산해 보았다.

상대의 최전방에 있는 병사와 이안 사이의 거리는 정확히 세 칸.

'먼저 움직이는 놈이 불리하겠군.'

전투에서는 선공이 유리하다.

특히 '수비 모드'를 활성화하지 않은 대상을 상대로 먼저 공격한다면, 계급 하나 차이 정도를 커버할 수 있는 스텟 격차를 만들 수 있다.

때문에 이 세 칸이라는 거리는, 섣불리 움직일 수 없게 만드는 거리였다.

병사의 이동 가능 거리가 두 칸이었으니, 한 칸이라도 움직이는 순간 적 병사의 선공이 들어올 테니 말이다.

'첫 턴에는 양 진영 맨 앞 열 병사 다섯은 죄다 수비 모드를 활성화하겠군.'

진영이 본격적으로 뒤엉키기 전까지는, 섣불리 움직일 수 없는 최전방의 병사들.

하지만 바로 그 사이사이 뒤 열에 배치된 넷의 병사들에게는, 이동할 수 있는 선택지가 있었다.

아니, 오히려 두 칸 앞으로 먼저 이동해 두어야, 상대 병사들이 앞으로 전진할 수 없게 압박이 가능하다.

'뭐, 한 번에 적진에 뛰어들 수 있는 돌격대장이 있으니……. 이런 예측들은 무의미한 건가?'

이안은 살짝 고개를 돌려 훈이를 보았다.

그의 바로 뒤편에서 씨익 웃어 보이는 훈이.

훈이의 포지션은 무려 '수비대장'이었다.

'후후, 이 형을 이겨먹어 보고 싶겠지만…….'

수비대장은 '장군'의 직책이다.

그리고 그 말인 즉, 훈이의 서열이 지금 인간계 유저들 중 무려 5위 안쪽이라는 말이었다.

이안은 씨익 웃어 보이며 손가락을 까딱거렸다.

'그게 쉽지는 않을 거야, 후후.'

훈이와 한 차례 눈빛을 교환하는 이안.

이어서 전장에 있는 모든 유저들의 눈앞에, 전투의 시작을 알리는 시스템 메시지가 떠올랐다.

–토요일 요일 전장에서 승리한 팀에게 '선공권'이 부여됩니다.

–'천군'의 진영에 턴이 부여됩니다.

–'천군' 진영의 돌격대장, '요나스' 유저의 턴입니다.

전장의 첫 번째 턴을 부여받은 요나스는 독일 서버의 전사 랭커였다.

'섬전의 광전사'라는 거창한 별명까지 가진 그는, 무려 독일 서버 전사 랭킹 1위.

게다가 독일 서버의 모든 클래스를 통틀어도 요나스의 랭킹은 2위였다.

그리고 그런 최상위권의 랭커인 만큼 그는 한껏 자신감에 부풀어 올라 있었다.

'좋았어. 이 요나스 님의 실력을 전 세계에 떨쳐 보일 기회가 왔군.'

주먹을 불끈 쥔 요나스는, 전장을 둘러보았다.

그의 직책은 바로 돌격대장.

대장군보다야 떨어지는 스펙이겠지만, 대장군을 제외하면 그의 서열은 이 안에서 최고였다.

'크, 어떤 놈부터 노려 볼까?'

돌격대장의 이동 가능 거리는 모든 직책 중 가장 길며, 1회에 한해 적을 넘을 수도 있다.

게다가 위치 또한 병사들의 바로 뒤편이었으니, 대장군과 보좌관을 제외한 거의 대부분의 대상에게까지 한 턴에 도달이 가능하다.

심지어 적 진영의 돌격대장까지도 단번에 닿을 수 있는 것이다.

'돌격대장이나 의무대장 중 하나를 처치하는 게 가장 베스트인 것 같은데…….'

요나스는 잠시 고민에 빠졌다.

하지만 그 고민은 오래 이어질 수 없었다.

그의 눈앞에, 그를 재촉하는 메시지가 떠오르기 시작했기 때문이다.

-5초 내로 이동하지 않을 시, 상대 진영에 턴이 넘어갑니다.

-4초 내로 이동하지 않을 시…….

생각지도 못했던 상황에 당황한 요나스는, 얼떨결에 적을 타깃팅하고 말았다.

-마군 진영의 '의무대장', 릴리스 유저를 공격합니다.

그리고 그 선택은 최악의 결과를 불러오고 말았다.

-'요나스' 유저와 '릴리스' 유저의 전투가 시작됩니다.

-마군 진영의 '수비대장', 알파인 유저가 전투에 합류합니다.

수비대장은 돌격대장에 비해 이동 가능 거리가 훨씬 짧다.

한 번에 최대 세 칸까지밖에 이동할 수 없으니 말이다.

하지만 수비대장의 특수 능력은 '대장군' 다음으로 뛰어났다.

그리고 요나스는 수비대장의 이 능력을 생각조차 하지 못했었다.

이 '신의 말판' 전장을 처음 겪다 보니, 경우의 수를 전부 파악해 내지 못한 것이다.

"이, 이런……!"

하지만 이미 물은 엎질러져 버렸다.

"와아아!"

"저거 바보 아니야? 지가 아무리 강해도 둘을 어떻게 상대하려고…….."

"게다가 둘 중 하나는 힐러잖아?"

"그러게. 저 멍청이 덕에 1킬 벌었네."

마족 유저들의 조롱 속에, 그는 첫 번째로 아웃되고 말았다.

띠링-!

-전투가 종료되었습니다.

-천군의 돌격대장 '요나스' 유저가 패배하였습니다.

-'요나스' 유저가 전장 바깥으로 소환됩니다.

그리고 그 광경을 지켜보던 이안은 한숨을 푹 내쉬고 말았다.

"후, 이거 처음부터 꼬이는데……."

'신의 말판' 전장에서 돌격대장의 역할은 장기로 치면 '차車' 나 '포包'에 비견할 만했다.

때문에 요나스의 실수로 인한 실점은 천군 진영을 침묵하 게 만들고 말았다.

병사의 역습

Taming
Master

요나스의 실수는 분명 크리티컬했다.

돌격대장이라는 직책을 가지고 1킬도 따지 못한 채 사망했음은 물론, 조금의 피해조차 주지 못했기 때문이었다.

피해를 못 입힌 것은 아니었다.

다만 상대 중에 의무대장이 있었기 때문에 전투가 끝나기 전에 생명력을 전부 회복시켜 버렸을 뿐.

하지만 전반적으로 침울해진 천군 진영의 분위기와 달리, 이안의 표정에는 아무런 변화가 없었다.

'요나스라는 친구가 멍청한 짓을 하기는 했지만, 실수는 분명 저쪽에서도 할 거야.'

지금까지 있었던 모든 콘텐츠 중 '신의 말판' 전장의 룰은 손가락에 꼽을 정도로 복잡하다.

그리고 지금 이 전투가, 콘텐츠가 생긴 이후 첫 번째 벌어지는 전투이다.

때문에 이안은 요나스뿐 아니라 많은 랭커들이 분명 실수를 할 것이라 여겼다.

랭커라고 해서 전부 다 머리가 팽팽 돌아가는 인물들은 아니었으니 말이다.

대부분의 랭커들은 두뇌보다는 피지컬이 뛰어난 경우가 많았다.

전장을 침착하게 둘러본 이안은 속으로 나직하게 중얼거렸다.

'나에겐 오히려 이게 기회일지도.'

이안은 천군 소속이다.

때문에 너무 당연히도 천군 진영이 이기는 것이 좋다.

하지만 천군 진영이 이기는 것보다도 더 중요한 게 있었으니, 그것은 바로 본인의 공적치였다.

아무리 천군이 승리한다 하더라도 본인이 몇 턴 싸워 보지도 못하고 죽는다면 의미가 없으니 말이다.

'좌측에 포진해 있던 돌격대장이 비명횡사했으니, 분명 적들의 공격은 그쪽에 쏠리게 될 거야.'

방금 게임 아웃당한 요나스의 포지션은 좌측방의 중심부였다.

그리고 돌격대장이라는 강력한 포지션의 말이 사라졌으니, 마군 진영에서는 너무 당연하게도 그쪽에 공격을 집중시킬 터.

자연적으로 이안은 포커스 아웃되게 되는 것이다.

'기다리면 기회는 분명 온다!'

이안은 머릿속으로 전장의 흐름을 계속해서 시뮬레이션해 보았다.

요나스와 달리 이안은 모든 룰을 파악한 지 오래였지만, 파악한 것과 응용하는 것은 또 별개의 문제이다.

어쨌든 이안도 이 전장은 처음이었고, 앞 턴에 있는 유저들의 움직임을 보며 좀 더 전장에 적응할 필요가 있었다.

본인의 턴이 아니라고 해서 아무 생각없이 있다간, 결코 최고의 활약을 보이지 못하리라.

그렇게 시간이 지나가는 사이, 천군과 마군의 턴이 각각 열 턴 이상 지나갔다.

-전투가 종료되었습니다.

-'천군' 진영이 승리하였습니다!

-'마군' 진영의 병사가 전장 바깥으로 소환됩니다.

-'마군' 진영이 승리하였습니다!

-'천군' 진영이 승리하였습니다!

……후략……

그리고 전투의 양상은, 이안의 예상처럼 흘러갔다.

'다행히 마군 진영에도 멍청이들이 좀 있군.'

힐러를 따겠다고 무리하다 비명횡사한 요나스처럼 마군의 돌격대장 중 하나도 허무하게 사망해 버렸다.

천군진영의 대장군을 공격할 기회가 보이자 뭐에 홀리기라도 한 듯 뛰어 들어온 것이다.

그리고 그 결과는 당연히 패배였다.

-'천군' 진영이 승리하였습니다!

-마군의 돌격대장 유저가 패배하였습니다.

심지어 마족의 유저는 요나스보다도 더 처참하게 패배하고 말았다.

대대장뿐만 아니라 그 뒤에 있던 두 명의 보좌관까지 한 번에 상대해야 했던 것이다.

어쨌든 그리하여, 현재까지의 스코어는…….

전투 현황

*천군
킬 포인트 : 260
생존 현황 : 대장군(1) 장군(2) 특수병(1) 장교(6) 병사(4)
비고 : 더블 킬 1회
*마군
킬 포인트 : 310
생존 현황 : 대장군(1) 장군(3) 특수병(1) 장교(5) 병사(5)
비고 : 없음

마군이 우세하긴 하지만 압도적이라고 하기에는 부족한

상황이었다.

그리고 전황이 이렇게라도 흘러가게 된 데엔, 천군의 대장군인 '아르테스' 유저의 활약이 컸다.

한 턴에 연속으로 2킬을 낸 데다, 비록 유리한 싸움이기는 했지만 적 돌격대장까지 아웃시켰으니 말이다.

그런데 재밌는 것은, 아직까지 그 누구도 이안을 공격하지 않았다는 점이었다.

"흐음……."

고개를 돌려, 아군 진영과 적진을 번갈아 살피는 이안.

'후, 이제 슬슬 내 턴이 올 때도 되었는데…….'

그리고 이안의 중얼거림이 끝나기가 무섭게…….

띠링—!

—'천군'의 진영에 턴이 부여됩니다.

—'천군' 진영의 병사, '이안' 유저의 턴입니다.

기다렸던 이안의 턴이 돌아왔다.

'대체 저 녀석이 왜 일반 병사인 거지?'

눈앞에 떠오른 메시지를 확인한 림롱은, 적잖이 당황했다.

못해도 장군 급에는 이름을 올리고 있을 줄 알았던 이안이 일반 장교 직책도 아니고 '병사'로 등장했으니 말이다.

'다행……인 건가?'

림롱은 그 누구보다도 이안의 진가를 잘 아는 사람 중 하나였다.

그와 직접 검을 맞대 보기도 했을 뿐더러 누구보다 예리한 눈을 가지고 있었기 때문이었다.

아는 만큼 보인다고, 림롱 또한 뛰어난 게임 센스와 피지컬을 가지고 있기에 이안의 실력을 제대로 알아보는 것이다.

'어째서 저 녀석이 병사인지는 모르겠지만…….'

처음 이안이 호명되지 않는 것을 보고 림롱은 이안이 이 전장에 합류하지 못한 줄로 알았다.

하지만 이렇게 병사로 참전했다는 걸 알아챈 이상 이안은 최우선적으로 제거해야 할 척살 대상이 될 수밖에 없었다.

'저 녀석부터 처치해야겠어.'

림롱의 날카로운 눈빛이 이안을 향했다.

마군 진영에서 림롱의 직책은 돌격대장.

때문에 이번 턴은 비록 지나가 버렸지만, 다음 턴에는 이안을 향해 검극을 돌릴 것이다.

'보자, 한 턴에 닿을 수는 없어도 두 턴이면 충분하겠군.'

수비대장의 움직임을 피해 천군진영의 의무대장을 처치해 낸 림롱은 천군 진영 깊숙한 곳까지 들어와 있었다.

때문에 최전방에 있는 이안에게까지 한 번에 닿을 수는 없었지만, 이안이 어디로 움직이든 두 턴이면 충분히 그를 척

살할 수 있을 것이었다.

그리고 두 턴이라면, 아무리 이안이라 해도 상위 직책으로 승격하는 것은 불가능할 것이었다.

3킬을 올려야 장교가 될 수 있는데, 대장군도 아니고 두 턴 만에 그게 가능할 리 없다고 생각한 것이다.

하지만 그것이 착각이었다는 것을 깨닫는 데에는, 그리 오랜 시간이 걸리지 않았다.

턴이 돌아왔을 때 유저에게 주어지는 시간은, 고작 10초뿐이다.

전략을 세우고 경우의 수를 따져 보기에는 분명히 촉박하기 그지없는 시간.

때문에 전장의 대부분 유저들은, 10초의 시간을 최대한 활용하여 아슬아슬하게 오더를 선택하였다.

하지만 이안의 경우에는 달랐다.

–천군 진영의 병사, '이안' 유저가 이동합니다.

턴이 돌아왔다는 메시지가 울리기 무섭게, 이안의 말이 움직이기 시작한 것이다.

"뭐지? 쟤 지금 어디 가는 거야?"

전방을 향해 두 걸음 힘차게 움직이는 이안.

그리고 그 모습을 발견한 이들은 어이가 없다는 표정이 되었다.

최약체인 병사들이 전장의 초반에 선택할 수 있는 최선은 '수비 모드'였고, 실제로 지금까지 턴이 온 병사들은 전부 한 걸음도 움직이지 않고 수비 모드를 택했으니 말이다.

"미친, 수비 모드 하고 말뚝이나 박아 놓지……. 지가 무슨 장군인 줄 아나?"

"그러게. 저렇게 앞으로 나가면 그냥 다굴 당해서 아웃될 텐데."

처음에도 설명했듯, 상대진영의 병사와 사이에 둔 거리는 딱 세 칸이다.

그리고 병사가 움직일 수 있는 거리는 두 칸.

그러니 이안이 두 칸 움직여 전진해 버리면, 상대 진영의 병사들의 좋은 먹잇감이 될 수밖에 없는 것이다.

수비 모드로 스텟 보너스조차 받지 못한 채 차례차례 선공을 받을 테니 말이다.

"하, 다굴이 문제가 아니고, 첫 번째 공격이나 버틸 수 있을라나."

"아마 못 버티지 않을까? 다들 실력이 비슷한 랭커들일 텐데……. 선공 버프 받고 들어오는 공격을 어떻게 이겨? 같은 병사라고 해도 말이야."

하지만 다음 순간, 유저들은 더욱 당황할 수밖에 없었다.

한 칸을 앞으로 움직인 이안이, 두 번째 이동을 대각선으로 뻗어 나갔기 때문이었다.

"……!"

심지어 이안이 움직인 자리의 측면에 위치한 상대는 마군 진영의 장교인 '기마대' 유저.

"와, 저게 무슨 자신감이지?"

"아냐. 그래도 앞으로 두 칸 움직여서 가만히 있는 것 보단 나아."

"어째서?"

"어차피 수비 모드도 할 수 없을 바엔, 선공 버프라도 받고 장교 공격하는 게 낫지."

"그런다고 계급 차이를 커버할 수 있을까?"

"뭐 커버하기야 힘들겠지만……. 체력이라도 좀 깎아 놓으면 이득이잖아."

"그건 그러네."

전장에 참여하지 못한 양 진영의 유저들은 흥미진진한 표정으로 전장을 구경하였다.

지금까지의 다소 평범한 양상 속에서 변칙적으로 움직이는 재밌는 유저가 등장했으니 말이다.

그리고 잠시 후.

―천군 진영의 '이안' 유저가 마군 진영의 '메가론' 유저를 공격합니다.

―'이안' 유저와 '메가론' 유저의 전투가 시작됩니다.

간결한 두 줄의 메시지가 떠오름과 동시에, 이안과 메가론의 전투가 시작되었다.

─선제공격을 감행하였으므로, 모든 전투 능력치가 15퍼센트만큼 증가합니다.

선공 버프가 발동했다는 한 줄의 메시지와 함께 이안의 신형이 대전장으로 소환되었다.

위이잉─!

그리고 이안의 반대편에는, 이안이 전투를 신청한 마족의 유저 '메가론'이 소환되었다.

"후후, 이거 고맙다고 해야 하나? 제 발로 킬 포인트를 헌납하러 찾아와 줄 줄이야."

이안과 눈이 마주친 메가론은 이죽거리며 그를 비웃었다.

그가 보기에 이안의 선택은, 너무도 멍청한 것이기 때문이었다.

아무리 선공 버프가 있다고 한들, 병사 직책과 장교 직책의 스텟 보너스 차이는 35퍼센트.

15퍼센트의 추가 스텟을 감안해도 20퍼센트나 되는 어마어마한 차이가 있으니 말이다.

게다가 메가론은 이미 1킬을 올린 상황.

이안을 손쉽게 처치한 뒤 1킬만 더 올린다면, 장군 직책으로의 승급도 노려 볼 수 있는 상황이었다.

하지만 당연하게도 이안은 이안대로 충분한 계산이 서 있는 상태였다.

이안은 씨익 웃으며, 상대의 도발을 맞받아쳤다.

"글쎄. 킬 포인트 헌납이라…….."

"음?"

"난 그냥 네가 약해 보여서 공격한 것뿐인데?"

히죽히죽 웃으며 약 올리는 이안을 보며 메가론은 순간적으로 열이 뻗치는 걸 느꼈다.

"……!"

하지만 그것도 잠시, 금방 냉정을 찾은 메가론은 이안을 노려보며 냉소를 지었다.

"그래, 네가 틀렸다는 걸 곧바로 알려 주도록 하지."

그리고 그 모습을 본 이안은 살짝 아쉬운 표정이 되었다.

'쩝, 도발이 안 먹히네.'

나름 세계적인 최상위권 랭커들이라 그런지 생각보다 멘탈이 단단했던 것이다.

하지만 그렇다고 해도, 이안은 여전히 여유가 넘쳤다.

'멘탈이야 아무리 단단해 봐야 몇 대 맞다 보면 금방 무너질 텐데, 뭐. 매에는 장사 없지.'

그리고 그것은 결코 근거 없는 여유로움이 아니었다.

"후후."

이안은 정말로 저 앞에 서 있는 마족 유저를 속된 말로 '발라 버릴' 자신이 있었으니까.

이안은 '메가론' 유저에 대해 잘 모른다.

오늘 바로 이 전장에서, 처음 만난 유저였으니 말이다.

하지만 방금 전, 메가론의 첫 번째 전투는 똑똑히 보았다.

제법 치열했던 메가론의 첫 전투.

메가론은 이 전투에서 자신의 거의 모든 것을 보여 주었고, 때문에 이안은 그의 클래스와 전투 방식을 빠삭하게 파악할 수 있었다.

'소환형 흑마법사라니……. 이거 첫 번째 재물로는 아주 안성맞춤이잖아?'

흑마법사 클래스는, 유저의 성향에 따라 다양하게 성장시킬 수 있다.

하지만 그 다양함 속에서도 두 가지의 큰 줄기는 존재했으니, 바로 마법형 흑마법사와 소환형 흑마법사였다.

말 그대로 흑마법을 주로 운용하는 전투 방식을 가진 흑마법사와 언데드 소환을 주로 활용하는 전투 방식을 가진 흑마법사.

그리고 이 중 '소환형 흑마법사' 유저들은 말 그대로 이안의 밥이었다.

이 카일란의 모든 클래스 중에서, 이안에게 가장 상성이 좋지 않은 유저라는 말이다.

조금 과장해서 말하자면, 이안은 자신보다 스텟이 두 배 가까이 높은 소환형 흑마법사도 이길 자신이 있었으니까.

우우웅-!

-3초 후, 전투가 시작됩니다.

-2초 후…….

전투 시작을 알리는 메시지가 떠오르면서, 이안과 메가론은 서로의 일거수일투족에 집중하기 시작했다.

이곳은 세계 최고의 랭커들이 모인 전장이었고, 두 사람 모두 그에 걸맞는 실력자들이다.

아무리 상대를 이길 자신이 있다고 하더라도, 방심은 금물이었다.

특히 메가론은 이안에 대한 정보가 아무것도 없었다.

만약 이안을 미리 알았더라면 그가 소환술사라는 것 정도는 알 수 있었겠지만, 이안과 마찬가지로 메가론 또한, 이안이라는 유저를 오늘 처음 알게 되었으니 말이다.

-전투가 시작되었습니다!

한 줄의 메시지가 떠오르기가 무섭게…….

화르륵-!

화염장궁을 소환한 이안의 신형이, 전방으로 빠르게 뛰어나갔다.

타탓- 탓-!

그리고 선 자리에서 그 모습을 관찰한 메가론은 예리하게 눈을 빛냈다.

'뭐지? 궁수 클래스인가? 아니면 마법사?'

이안의 손에 들려 있는 화염 장궁만으로 메가론은 아직 그의 클래스를 완벽히 확신할 수 없었다.

육안으로는 이안의 손에 들려 있는 화염 장궁이 마법 장궁인지 아이템인지 확인할 수 없었으니 말이다.

하지만 메가론은 적잖이 안심할 수 있었다.

적어도 이안이 '암살자'클래스와 같은 근접 클래스는 아닌 것 같았으니 말이다.

'원거리 딜러라……. 그에 맞춰서 상대해 주도록 하지.'

이안의 움직임에 맞춰 빙그르 신형을 돌린 메가론은, 자신의 장기인 소환 마법을 캐스팅하기 시작했다.

마법사나 궁사와 같은 원거리 딜러를 상대함에 있어 가장 중요한 것은, 거리를 확보할 수 없게 만드는 것이었다.

물론 엄밀히 따지자면 흑마법사 또한 원거리 딜러였지만, 메가론은 조금 달랐다.

그는 훈이처럼 소환 마법과 공격 마법을 함께 운용하는 하이브리드가 아닌, 소환 마법에 몰빵한 극단적인 클래스였으니 말이다.

그가 운용하는 흑마법들은 전부 보조 형 스킬들이었고, 그의 주 전력은 강력한 언데드 소환수들이었으니까.

스하아아-!

스산한 소리와 함께, 메가론의 주위로 피어오르는 잿빛의 아지랑이들.

이제 2초만 지나면 메가론이 자랑하는 최고의 언데드 소환수인 '본 나이트'가 소환될 것이고, 그것은 저 이안이라는 녀석에게 지옥을 선사할 것이었다.

어둠의 기운을 타고 순식간에 공간을 이격해 움직이는 본 나이트의 추격은, 원거리 딜러들에게 있어 그야말로 재앙이니 말이다.

'건방진 졸병 녀석. 참교육이 뭔지 보여 주도록 하지.'

잠시 후 벌어질 상황에, 절로 입꼬리가 말려 올라가는 메가론이었다.

하지만 메가론의 그 여유 넘치는 미소는 금방 지워질 수밖에 없었다.

우웅- 우우웅-!

어디선가 공명음이 울려 퍼지더니, 믿을 수 없는 시스템 메시지가 떠올랐기 때문이었다.

-'이안' 유저의 고유 능력 '서먼 밴' 스킬이 발동합니다.

-모든 소환 계열 스킬의 사용이 금지됩니다.

-'본 나이트 소환' 마법의 캐스팅이 캔슬됩니다.

"……!"

이안은 소환술사이지만 그와 동시에 소환 마법을 사용하는 모든 유저들의 천적이다.

그리고 그것은, 바로 '서머너 나이트'의 고유한 능력인 '서먼 밴' 때문이었다.

물론 서먼 밴이 만능은 아니다.

서먼 밴을 걸기 위해서는 대상과의 거리를 제법 근거리까지 좁혀야 했으며, 안티 매직 등의 해제 종류의 스킬로 밴 상태를 풀어 내는 방법도 있었으니까.

하지만 한 가지 확실한 것은, 이미 서먼 밴 상태에 빠져 버린 메가론에겐 아무런 방법도 없다는 것이었다.

지금 그를 도와줄 사람은, 어디에도 없었으니 말이다.

"이게 무슨……!"

산전수전을 다 겪어 가며 랭커의 반열에 오른 메가론은, 어지간해선 평정심을 잃어 본 적이 없었다.

하지만 지금의 상황은, 메가론이 아니라 그 누가 와도 멘탈이 흔들릴 만한 상황이었다.

'젠장, 뭐 이딴 마법이 있어?'

당황한 메가론은, 빠르게 마법을 캐스팅하며 이안과의 거리를 벌렸다.

어떻게든 서먼 밴의 지속 시간 동안, 이안의 화살 속에서

버텨 내며 살아남아야 했으니 말이다.

"어둠 속으로……!"

메가론이 발동시킨 마법은 흑마법사 클래스 최고의 생존 마법 중 하나인 그림자침투술이었다.

그림자침투술은 어둠 속으로 스며들어 모습을 감추는 마법이었고, 메가론이 자주 애용하는 마법이었다.

캐스팅 시간이 무척이나 짧은 디텍팅 마법이었기 때문에, 위기 상황에서 여벌의 목숨과도 같은 마법인 것이다.

심지어 모습을 드러내지 않은 상태에서 다음 마법까지 캐스팅할 수 있었으니, 그야말로 최고의 생존기였다.

하지만 그런 그의 노력은, 금방 물거품이 될 수밖에 없었다.

메가론의 귓전을 향해, 어디선가 나직한 목소리가 들려왔으니 말이다.

-어둠이…… 내린다.

묵직하게 깔리는 누군가의 낮은 목소리와 함께 전장에 끈적한 어둠이 내려앉았다.

그리고 그와 동시에 어둠 속에 숨었던 메가론의 그림자가 모습을 드러내고 말았다.

아군의 어둠을 극대화시킴과 동시에, 상대의 어둠을 무력화시키는 카카의 고유 능력 '꿈꾸는 악마'.

"……!"

메가론은 이제 당황을 넘어서 허탈한 표정이 되어 버렸다.

피핑- 피피핑-!

그리고 그런 그의 면전으로, 시뻘건 불화살이 쏟아지기 시작했다.

퍼어엉-!

그리고 모든 클래스 중 가장 허약한 유리 몸, 흑마법사 클래스인 메가론의 생명력은······.

"크아아악!"

게이지에 어디 구멍이라도 뚫린 듯, 엄청난 속도로 줄어들었다.

"크으, 지려 버렸다."

"봐봐, 내가 뭐랬어? 스텟 버프고 나발이고, 진성 선배 앞에선 무용지물이라니까?"

"하, 이러다가 정말 3킬 따고 승격이라도 하는 거 아냐?"

"왜 아니겠어. 이안갓이라면 분명, 연달아 랭크 업 하고 대장군 목까지 따 올 테니까 두고 보라고."

시끌벅적한 가상현실과의 대강의실.

강의실 안은 뜨거운 열기로 가득 차 있었다.

마치 한일전 축구경기를 보기라도 하듯 열광의 도가니에 빠져 있는 가상현실과의 학생들.

그리고 맨앞에 앉아 있는 세미와 영훈도 당연히 예외가 될
수 없었다.

"와, 대체 어떻게 된 거지? 흑마법사 랭커가 뭘 해 보지도
못했잖아?"

멍한 표정으로 연신 중얼거리는 영훈을 향해 세미가 피식
웃으며 핀잔을 주었다.

"어떻게 된 건지 알아 뭐해?"

"……?"

"이안갓은 신이요, 이안교는 종교일 뿐이니."

세미의 말에, 영훈이 주먹을 불끈 쥐며 동조한다.

"그저 믿음만이 있을 뿐!"

"바로 그거지!"

"크으으!"

세미와 영훈은 번갈아 북 치고 장구 치며, 더욱 흥을 돋우
며 이안을 응원하기 시작했다.

"좋았어! 이대로 연속 킬 따는 거야!"

그리고 흥이 난 것은, 이 가상현실과의 학생들뿐만이 아니
었다.

스크린 속에서 방송을 생중계중인 YTBC의 캐스터들도 목
이 터져라 이안을 외치고 있었으니 말이다.

−이야. 역시 이안입니다! 세계 최정상급의 흑마법사 랭커를 이렇게
무력화시키다니요!

-진짜 엄청납니다, 이안! 저기 불화살 쏘고 바로 무기 스왑해서 근접 전으로 달려드는 거 보세요. 메가론이 다음 마법 캐스팅할 기회 자체를 안 주겠다는 거거든요.

-정말 그러네요. 이안이 순식간에 거리 좁히고 들어와 버리니까, 흑 마법사인 메가론이 할 수 있는 건 맞는 것밖에 없었네요.

-으, 그나저나 메가론 저 친구도 참 불쌍하네요. 저렇게 연속으로 얻 어터지면 아마…… 게임 속이라도 엄청 아플 겁니다.

-그런데 하인스 님, 이안은 왜 처음부터 근접 무기를 들지 않은 걸까 요? 애초에 화살은 다섯 발도 채 쏘지 않았는데 말이죠.

-그, 글쎄요. 그건 저도 잘 모르겠네요. 분명 무슨 이유가 있을 것 같 은데 말입니다.

스크린 속에는 이안의 전투 장면이 느린 화면으로 여러 번 재 방영되었다.

이안의 턴이 끝남으로 인해, 방송 진행에 잠깐의 여유 시 간이 남았기 때문이었다.

그리고 그 화면을 응시하던 세미가 영훈을 향해 다시 입을 열었다.

"영훈아, 근데 너…… 그거 알아?"

"뭐?"

세미의 뜬금없는 말에 영훈은 의아한 표정으로 반문했다.

그런 영훈을 향해, 세미가 씨익 웃으며 말을 이었다.

"이안갓은 아직, 소환수 한 마리조차 소환하지 않았다는 거.”

“······!”

메가론을 무력화시킨 이안은, 단숨에 그에게 달려들어 근접딜을 퍼부어 대었다.

그리고 그때 사용했던 무기는, 장비 제작을 할 때 한 자루만 만들어 두었던 전투병 등급의 장창.

이안이 굳이 근접무기로 스왑하여 싸운 이유는, 하인스가 해설했던 것처럼, 메가론의 다음 마법 캐스팅을 차단하기 위함이었다.

물론 활만 사용해서도 이길 수 있었겠지만, 메가론으로부터 단 한 번의 공격조차 허용하고 싶지 않으니 말이다.

아무리 이안의 궁술이 뛰어나다고 해도 근접 딜보다 명중률이 나을 수는 없었고, 조금이라도 틈을 준다면 메가론은 분명 뭐라도 하려 했을 것이었다.

그렇다면 반대로, 이안이 처음부터 근접 무기를 사용하지 않은 이유는 무엇이었을까?

여기에는 무려, 한 가지도 아니고 두 가지나 되는 이유가 있었다.

그 첫 번째 이유는, 적 진영에 혼란을 주기 위함이었다.

'아마 지금쯤 당황한 친구들이 많을 테지.'

애초에 이안을 잘 알고 있는 림롱 같은 유저는 전혀 당황할 이유가 없었다.

이안의 클래스는 물론, 어떤 스킬들을 가지고 있는지도 알고 있었으니 말이다.

하지만 해외의 랭커들은 달랐다.

그들 중 몇몇은 메가론과 마찬가지로, 이안이라는 유저가 있다는 사실조차 처음 알았다.

또, 이안에 대해 알고 있었던 유저들조차도 그에 대한 정보까지 빠삭하게 알지는 못했다.

해외 랭커들이 아는 것은, 끽해 봐야 이안이 한국 서버의 랭킹 1위라는 것과 그가 소환술사 클래스라는 것 정도.

이런 상황에서 이안이 보여 준 방금 전투는, 그들에게 혼란을 심어 주기 충분하다 못해 넘쳤다.

활을 쏜 데 이어 창질까지 해 댄 데다, 소환술사인 줄 알았던 녀석이 소환수는 쓰지도 않았으니 말이다.

그리고 두 번째 이유는, 메가론에게 '방심'을 유도하기 위함이었다.

사실 조금 더 정확하게 얘기하자면, 이안이 거리를 좁히려 할 리 없다는 데에 대한 방심이었다.

이안은 처음에 활을 보여 줌으로써 자신이 원거리 딜러라는 것을 어필하였고, 그것을 확인한 메가론은 무의식중에 이안과의 거리가 좁혀지는 것에 대한 경계를 느슨하게 한 것이다.

덕분에 이안은 어렵지 않게 '서먼 밴'을 발동시킬 수 있었으며, 빠르게 그에게 접근하여 전투를 마무리할 수 있었다.

"후읍……."

이안은 살짝 거칠어진 호흡을 고르며, 한차례 전장을 훑어보았다.

이어서 그와 한 칸 떨어진 거리에 있는 마군 진영의 병사를 응시하였다.

'다음 차례는 분명 이 녀석이겠지.'

천군 진영이 먼저 턴을 시작하였으니, 턴을 예측하는 것은 어렵지 않았다.

―'마군'의 진영에 턴이 부여됩니다.

―'마군' 진영의 병사, '크리스' 유저의 턴입니다.

턴이 돌아온 마군 진영의 병사 '크리스'는 아랫입술을 살짝 깨문 채 이안을 마주보았다.

방금 이안의 예상치 못했던 활약에 적잖이 당황한 것이다.

'후후, 지금쯤 무척 혼란스럽겠지. 어떻게 해야 하나 고민될 거야.'

지금 크리스의 상황은, 그야말로 진퇴양난이었다.

이안을 섣불리 공격할 수도, 그렇다고 공격하지 않고 수비모드로 턴을 넘길 수도 없는 상황이었으니 말이다.

이안이 어떤 방식으로 메가론을 처치한 것인지조차 파악

하지 못했으니 그가 부담스러울 수밖에 없었으며, 그렇다고 해서 턴을 넘긴다면 고작 한 칸을 사이에 두고 있는 이안에게 선공권을 뺏기게 되니 말이다.

'선택하기 힘들다면, 조금 도와줘 볼까?'

고민하는 크리스의 면면을 살핀 이안이 씨익 웃으며 입을 열었다.

"어이, 설마 선공 버프까지 있는데 턴을 넘기는 건 아니겠지? 심지어 난 지금 수비 모드도 아니라고."

수비 모드가 아닌 이안에게 선공을 가하면 30퍼센트의 스텟 버프 격차가 만들어진다.

그 말인 즉, 같은 계급이라 할지라도 한 계급 차이에 버금가는 버프 격차가 생긴다는 말.

이안의 조언(?) 덕분에 선택 장애를 극복한 크리스는, 곧바로 이안을 향해 걸음을 떼었다.

"놈, 그 말, 후회하게 만들어 주마."

그리고 원하는 상황을 만들어 낸 이안은 그저 히죽히죽 웃을 뿐이었다.

장교부터 대장군까지, 수많은 상위 직책이 존재하는 이 용담호혈 속에서 이안이 선택한 한 수는 정말 '신의 한 수' 라고 할 만한 것이었다.

선공권을 활용하여 한 계급 높은 장교를 아무런 피해 없이 처치해 낸 데다, 주변에 있는 마군 병사들로 하여금 공격하지 않을 수 없는 상황을 만들어 버렸으니 말이다.

지금 이안의 위치는, 마군 병사 셋의 사이라고 할 수 있었다.

앞에 나와 있는 두 병사 유저 사이의 대각선 한 칸 앞이자, 그 뒤편에 한 칸 빠져 있는 마군병사로부터 두 칸 떨어진 위치.

때문에 셋의 마군 병사 유저는 이안을 공격하지 않을 수 없었다.

이번 턴에 이안을 그냥 방치한다면, 다음 턴에는 선공 버프까지 받은 이안이 자신들을 향해 달려들 테니까.

그리고 선공버 프를 받고 무방비의 상대를 공격할 수 있는 지금이야말로 병사로서 킬 포인트를 올릴 수 있는 쉽게 오지 않을 기회이기도 했다.

이제 이 첫 번째 턴이 전부 지나기 전에 상대 병사들의 차례가 순서대로 돌아올 것이고, 그들은 전부 이안을 공격하는 선택을 할 수밖에 없으리라.

'셋 중 두 명만 날 공격해도, 어렵지 않게 장교로 승격될 수 있겠지.'

이미 이안은 1킬을 올렸다.

때문에 두 번의 전투만 더 승리하면 장교로 승격하게 된다.

첫 턴이 지나고 상대 진영의 강자들에게 타깃팅되기 전까지, '랭크 업'이라는 1차 목표가 이뤄지게 되는 것.

그리고 이 1차 목표에 성공한다면 이안의 큰 그림이 완성될 확률은 배 이상 높아질 것이었다.

'물론 계획대로 퍼즐이 맞춰지려면, 내가 단 한 번도 패배해서는 안 된다는 대전제가 깔리긴 하지만……'

까강- 까가강-!

이안의 검과 크리스의 검이, 허공에서 수차례 맞물리며 불을 뿜는다.

그리고 '겉으로 보기에는' 두 사람 사이의 전투가 제법 치열해 보였다.

아니, 치열한 것을 넘어서 오히려 크리스가 더 유리한 듯 보이는 상황이었다.

이안은 사각으로 된 전장에 몰려 있었고, 크리스는 그런 이안을 쉴 새 없이 몰아붙이고 있었으니 말이다.

"뒈져라, 이놈!"

크리스의 검에서 시뻘건 불길이 뿜어져 나오더니, 순간적으로 그의 신형이 전방을 향해 쏘아진다.

마계의 광전사 클래스 유저들이 즐겨 사용하는 최강의 공격기술인, '인페르노 디센드Inferno Descend'.

이름 그대로 지옥불이 강림하듯 쏟아져 내리는 불꽃을 마주하였지만, 이안의 표정은 침착하기 그지없었다.

그리고 그런 이안의 표정을 발견한 크리스는 아랫입술을 살짝 깨물었다.

'곧 뒈질 놈이 허세는……!'

인페르노 디센드는 카일란에서도 공격 계수가 상위 1퍼센트 안에 드는 막강한 스킬이다.

그리고 눈앞의 저 녀석이 기사 클래스가 아닌 이상 이 무지막지한 일격을 막거나 버텨 낼 수는 없을 것이었다.

완벽히 구석에 몰렸기 때문에 피할 수 있는 공간도 없고 말이다.

하지만 너무 당연하게도, 크리스의 생각처럼 상황이 전개되지는 않았다.

우우웅–!

갑작스레 이안의 주변으로 공명음이 일더니 그의 신형이 순식간에 증발하듯 사라져 버린 것이다.

"……!"

생각지도 못했던 상황에 당황한 크리스는 순간 무게 중심을 잃고 말았다.

촤아악–!

그리고 크리스의 뒤편에 나타난 이안의 검이 그의 뒷덜미에 그대로 틀어박혔다.

"커헉!"

그리고 헛바람을 들이켜는 소리와 함께 크리스의 시야가 까맣게 변하기 시작했다.

띠링-!

-전투가 종료되었습니다.

-마군의 병사 '크리스' 유저가 패배하였습니다.

-'크리스' 유저가 전장 바깥으로 소환됩니다.

온몸이 새까맣게 변해 가며 쓰러지는 크리스.

그런 그를 응시하는 이안의 눈앞에 계속해서 시스템 메시지가 떠올랐다.

-천군의 병사 '이안' 유저가 승리하였습니다.

-'이안' 유저의 킬 포인트 : 2

-획득 공적치가 50만큼 추가로 누적됩니다.

그리고 이안의 입꼬리가 기분 좋게 말려 올라갔음은 물론이었다.

"······!"

잠시 동안 정적이 맴도는 YTBC 방송국의 스튜디오.

그리고 그 정적을 깬 것은, 잔뜩 흥분한 하인스의 목소리였다.

"와, 이게 뭔가요! 어떻게 그 잠깐 사이에 저런 스킬 운용을 보여 줄 수 있는 거죠?!"

멍한 표정으로 화면을 응시하던 하인스는 자신도 모르게 자리에서 벌떡 일어났다.

방금 '크리스'라는 마군 병사 유저를 처치할 때 보여 주었던, 이안의 스킬 운용과 컨트롤을 뒤늦게 이해한 것이다.

그러나 하인스를 제외한 스튜디오의 모든 인원들은 아직도 침묵을 지키고 있었다.

방금 무슨 일이 일어났는지 전혀 파악하지 못했으니 말이다.

잔뜩 호기심 어린 표정이 된 루시아가 하인스를 향해 물었다.

"하인스 님, 방금 어떻게 된 건가요? 혼자 감탄하지 마시고 얼른 설명해 주셔야죠."

그리고 루시아의 말을 들은 하인스는 그제야 정신을 차리고 다시 해설을 진행하기 시작했다.

"워낙 순식간에 일어난 일이라 저도 단언해서 말씀드릴 수는 없지만……."

한차례 마른침을 삼킨 하인스가 방송 PD를 향해 신호를 주었다.

그러자 방금 전의 전투 장면이 느리게 편집되어 재송출되었다.

하인스의 말이 다시 이어졌다.

"이안은 방금, '공간 왜곡' 스킬을 사용한 겁니다."

"공간 왜곡이라면……."

잠시 생각하던 루시아는, 그제야 이안의 공간 왜곡 스킬을 떠올리고 두 눈을 크게 떴다.

"공간 왜곡은 소환수와 이안의 위치를 바꾸는 스킬 아니었나요?"

"맞습니다."

"그런데 어떻게……?"

하인스는 화면에 살짝 나타났다 사라지는 푸른빛을 가리키며, 천천히 말을 이었다.

"여기 이 푸른 빛줄기 보이시죠?"

"음, 자세히 보니 보이네요."

"저게 바로 소환수 소환 이펙트입니다. 흐릿하게 남아 있는 등껍질 모양의 잔상으로 보아 뿍뿍이를 소환했던 것 같군요."

"……!"

"그러니까 쉽게 설명하자면, 이안은 그 찰나지간에 세 번의 스킬을 발동시킨 겁니다."

그리고 그제야 상황을 깨달았는지 루시아의 입에서 뒤늦은 탄성이 새어 나왔다.

"아! 마족 유저 뒤편에 소환수를 소환하고 공간 왜곡을 사용한 뒤, 소환된 소환수는 다시 소환 해제한 것이군요!"

하인스가 고개를 주억거리며, 짧게 대답했다.

"바로 그거죠."

방금 이안이 보여 준 장면은, 사실 마법사 클래스의 전유물이라 할 수 있는 '블링크' 계열의 고유 능력이나 다름없었다.

얼핏 보기에는 이안이 그냥 크리스의 뒤편으로 좌표를 찍고 블링크를 시전한 것처럼 보이는 것이다.

'인페르노 디센드가 캐스팅 시간이 있는 스킬도 아니고, 어떻게 그 짧은 시간에 이게 가능한 거지?'

카일란에서 소환 마법을 발동시키기 위해선, 소환하고자 하는 좌표를 먼저 설정해야 한다.

그리고 방금 이안이 보여 준 컨트롤을 하기 위해선, 좌표를 지정하고 소환수를 소환한 뒤 해당 소환수의 좌표에 다시 공간 왜곡을 발동시키고 소환된 소환수를 다시 소환 해제해야 하는 것이다.

물론 그게 어려운 작업이랄 만한 것들은 아니었지만, 이렇게 짧은 시간 안에 해낼 수 있을 만한 컨트롤도 아니었다.

남들은 스킬에 직격당할 때까지 반응조차 하기 어려운 짧은 시간이었으니 말이다.

"정말 소름이 돋는군요."

루시아의 중얼거림처럼, 하인스는 온몸에 소름이 돋는 것을 느꼈다.

'아마 해외 유저들은, 이안이 뭘 한 건지조차 제대로 파악

하지 못했겠지.'

　이안에게 공간 왜곡이라는 스킬이 있다는 것을 알지 못하는 한, 결코 파악할 수 없는 움직임이었다.

　하인스는 흥분이 채 가라앉지 않은 목소리로 다시 방송을 진행하기 시작했다.

　전장의 흐름은 이안의 예상대로 흘러갔다.

　이안에게 선제공격을 한 크리스가 당했으나, 그 다음 차례로 턴이 돌아온 병사가 곧바로 이안에게 선공을 가한 것이다.

　그리고 그 결과는 이안의 계획대로…….

　띠링-!

　-전투가 종료되었습니다.

　-마군의 병사 '스리케스' 유저가 패배하였습니다.

　-'스리케스' 유저가 전장 바깥으로 소환됩니다.

　-천군의 병사 '이안' 유저가 승리하였습니다.

　이안의 승리로 마무리되었다.

　-'이안' 유저의 킬 포인트 : 3

　-획득 공적치가 50만큼 추가로 누적됩니다.

　마군 진영의 관중들은 침묵하였다.

　이안이 두 번째 승리를 가져갔을 때까지만 해도 그렇게 심각하지 않던 분위기가 이제는 완전히 달라진 것이다.

"하아……. 저 머저리들은 대체 왜 병사 하나 상대로 저렇게 지리멸렬하는 거야?"

"우리 쪽도 병사였잖아."

"그렇지만 우리 쪽 유저들은 선공 버프를 둘둘 두르고 있었지."

"하긴……."

"게다가 무려 연속 세 번의 전투였다고. 의무대장이 치료한 번 안 했잖아."

"하, 이거 골치 아파졌네."

마족 진영의 유저들은 이안의 실력에 긴장하는 것이 아니었다.

이안이 일부러 전력을 제대로 드러내지 않았으니 말이다.

분명 겉으로 보기에는, 의문스러운 첫 번째 전투를 제외하면 나머지는 비등한 전투였다.

그렇다면 마족 진영의 분위기가 가라앉은 이유는 무엇일까?

그것은 바로, 연달아 떠오르고 있는 시스템 메시지들 때문이었다.

띠링-!

-천군의 병사 '이안' 유저가, 신의 말판 전장에서 3킬 이상을 올렸습니다.

-조건이 충족되었습니다.

-'이안' 유저의 직책이 '장교' 등급으로 상승합니다.

'병사'와 '장교'의 전력 차이는 무시할 수 있는 수준이 아니다.

이안이 3킬이나 올린 데 이어 승격까지 성공하였으니, 이로 인해서 벌려 놨던 차이가 절반 이상 메워진 것이다.

고작 '병사' 하나 때문에 승기가 팍 꺾여 버린 것.

물론 아직까지 마군 진영이 좀 더 유리하기는 하였지만, 전장에서 '상승세'라는 것은 무시 못 할 요소였다.

마군 진영 유저들의 똥줄이 타는 것은 당연한 수순인 것이다.

반면에 천군 진영의 유저들은 기세가 살아나기 시작했다.

"와아, 마족 녀석들 다 쓸어 버려!"

"이게 바로 병사의 역습이다, 이 마족 놈들아!"

"좋았어! 이대로 역전하자고!"

지금까지의 우울했던 표정들은 어디로 갔는지 온 얼굴에 웃음꽃이 피어나는 천계 진영의 관중들.

그리고 이안의 입가에도, 그에 못지않은 함박웃음이 걸려 있었다.

이 모든 설계를 성공시키기 위해 가장 큰 난관이었던 첫 번째 승격을, 무사히 성공시켰기 때문이었다.

'좋아, 일단 한 시름 놓았고……!'

게다가 이안의 눈에만 떠오른 추가 메시지들은 그를 더욱 기분 좋게 만들어 주었다.

-'승격'에 성공하여 소진되었던 생명력이 전부 회복되었습니다.

-'용맹스런 병사' 업적을 달성하셨습니다.

-전장이 종료된 뒤, 정산되는 공적치가 15퍼센트만큼 추가로 증가합니다.

공적치에 목마른 이안에게는, 그야말로 단비와 같은 메시지들!

그리고 여기서 끝이 아니었다.

이다음에 떠오르는 시스템 메시지들이 이안에게 더욱 중요한 것이었으니 말이다.

-'장교' 계급으로 승격하셨습니다.

-직책을 선택하실 수 있습니다.

-선택 가능한 직책 : 보좌관/정찰대/기마대

-어떤 직책을 선택하시겠습니까?

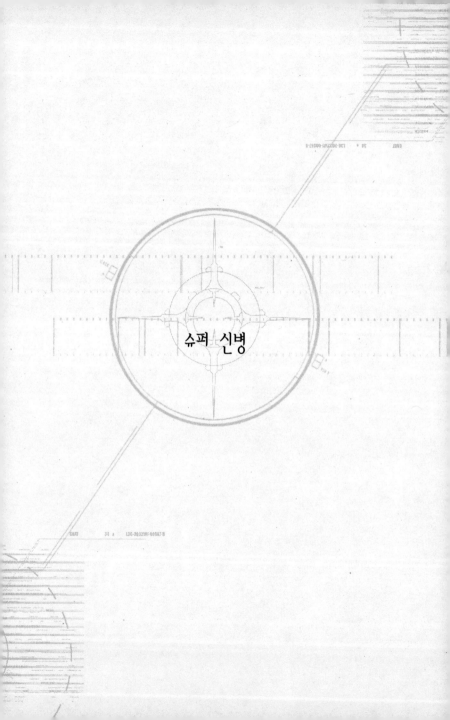

슈퍼 신병

Taming Master

장교 계급에 속해 있는 직책은 세 종류이다.

첫째로는, 대장군을 지키며 최후의 보루와도 같은 역할을 하는 보좌관.

둘째로는, 돌격대장에 버금가는 기동력으로 적의 허점을 찌르는 정찰대.

마지막으로는, 준수한 기동력과 돌파능력으로 전장의 최전방을 휘젓는 기마대.

그리고 이 세 직책 중에서 처음부터 이안이 고려하지 않은 직책이 하나 있었다.

'보좌관도 나쁘진 않지만, 너무 수비적이야.'

이 신의 말판 전장에서 보좌관이란 직책은 어쩌면 장군들보다 중요할 수 있는 직책이었다.

보좌관의 기량에 따라 '대장군'의 생사가 결정될 수 있기 때문이다.

그리고 대장군의 생사가 바로, 전쟁의 승패와 직결되는 것.

특히 가까운 아군의 전투에 참전이 가능한 수비대장과의 시너지를 잘만 이용한다면, 불리한 상황을 뒤집는 그림을 얼마든지 만들 수 있는 직책이 바로 보좌관이라고 할 수 있었다.

하지만 이미 적진의 한복판에 들어와 있는 이안에게 보좌관이란 직책은 애매하다.

이미 적진의 한복판에 들어와 버렸기 때문에 대장군이 있는 위치와는 너무 멀어져 버린 것이다.

그렇다면 이안에게 남은 선택지는 두 가지.

정찰대와 기마대 중 이안이 고른 직책은 무엇이었을까?

-천군 진영의 병사 유저 '이안'이 기마대 직책을 얻었습니다.

-'이안' 유저의 전투 능력치가 재설정됩니다.

시스템 메시지와 함께 이안의 주변으로 황금빛 물결이 뿜어져 나왔다.

그것은 신의 말판, 첫 번째 승격을 알리는 화려한 이펙트.

이안이 선택한 직책은 바로 '기마대'였다.

기마대
계급 : 장교

이동 가능 거리 : 5칸(후방으로 이동 불가)
최전방 병사의 바로 뒷 열에 위치하며, 최대 다섯 칸을 움직일 수 있습니다.
직선 경로로 움직일 시(대각선 포함), 한 칸을 이동할 때마다 공격력이 2퍼센트 상승합니다.
(모든 이동 중에 한 번이라도 방향이 꺾인 적이 있다면, 공격력 버프는 적용되지 않음.)
최대 이동거리(다섯 칸)을 직선으로 달려 적을 공격할 시, 공격력이 15퍼센트만큼 추가로 상승합니다.
*돌격하여 적진의 최후열에 도달한다면, 그 뒤쪽으로 이동시 아군의 최후열로 소환됩니다.

기마대와 정찰대는 각기 장단점을 가지고 있었다.

정찰대의 경우 돌격대장과 비슷한 여덟 칸이라는 이동거리를 가지지만, 적에게 공격받을 시 전투 스텟이 살짝 떨어지게 되는 디스 어드밴티지가 있다.

반면 기마대의 경우 후방 이동이 불가능하다는 치명적인 페널티가 있지만, 다섯 칸이라는 준수한 이동거리와 직선이동 공격 시 추가 공격력 버프라는 메리트를 가진다.

때문에 이안은, 선택하는 데 제법 머리를 많이 굴려야 했다.

'정찰대가 좀 더 안정적이기는 하지만, 지금 상황에선 기마대가 확실히 이득이야.'

이동거리 여덟 칸과 다섯 칸의 차이는, 무시할 만한 수준이 아니다.

특히 이렇게 적진 한복판에 뛰어든 상황에선, 포지션 선점을 위해 이동거리 한 칸 한 칸이 소중했다.

하지만 이안은 과감하게 기마대를 골랐다.

그리고 그 이유는 지금 이안이 자리하고 있는 위치가 기마대의 장점을 살리기에 아주 적합했기 때문이었다.

'돌아오는 턴에 한 놈 잡고, 그 다음 턴에 바로 탈출한다.'

이안이 지금 위치한 곳은, 적진의 최후열로부터 일곱 칸 떨어진 곳이었다.

그 말인 즉, 두 턴이면 끝까지 달려갈 수 있다는 소리이다.

그리고 맵의 끝에 도달하면, 기마대만의 특성을 이용해 아군의 진영으로 워프가 가능하다.

적진의 최후열 밖으로 달리면, 아군의 최후열로 이동되니 말이다.

그렇다면 이안이 타깃으로 잡은 목표는 누구일까?

그것은 바로, 마군 진영의 대장군을 지키는 '보좌관'이었다.

보좌관의 위치는 이안으로부터 정확히 다섯 칸 거리.

보좌관이 움직이지 않고 다음 턴에 수비 모드를 고수한다면, 기마대의 공격 버프를 최대한으로 활용할 수 있을 것이었다.

'한 칸당 2퍼센트에 추가 버프 15퍼센트까지. 총 25퍼센트 버프를 먹을 수 있겠군.'

물론 돌격대장의 공격 버프와 달리 모든 전투 스텟 증가가 아닌 '공격력' 스탯만 증가하는 것이었지만, 그 계수는 훨씬 더 높았다.

이 버프에 선공 버프까지 더해진다면, 분명 괴랄한 위력을 발휘할 수 있을 터.

이안의 장비들이 다른 유저들의 그것에 비해 최소 두 배 이상 좋다는 것까지 감안한다면, 보좌관 정도는 그대로 썰어 버릴 수 있을 것이었다.

'변수는 마군 진영의 수비대장인데……'

이안의 예리한 눈빛이, 적진의 우측에 자리 잡고 있는 '수비대장'을 향했다.

이안이 공격 루트로 잡은 적진의 우측방.

그리고 그곳을 방어하는 수비대장은 살짝 전방으로 나와 있는 상태였다.

수비대장이 앞으로 나올수록, 병사들이 더 안전하게 전진할 수 있기 때문이었다.

'분명 다음 턴에, 두 칸은 앞으로 움직일 거야. 그래야만 해.'

수비대장이 전방으로 두 칸 더 나와 줘야만, 이안이 아무 방해 없이 보좌관을 공격할 수 있게 된다.

그리고 이안은, 분명히 그렇게 될 것이라 확신했다.

보좌관이 둘이나 지키고 있는 대장군이 이번 턴에 위험해질 리는 없었으니, 수비대장의 입장에선 좀 더 공격적인 진영을 형성하는 게 당연했기 때문이었다.

'좋아, 작전은 완벽하고……!'

이안은 눈을 반짝이며, 전방의 적들을 차례차례 살폈다.

그리고 그동안, 하나둘 양 진영의 턴이 지나가기 시작했다.

－전투가 종료되었습니다.

－'마군' 진영이 승리하였습니다!

－'천군' 진영의 병사가 전장 바깥으로 소환됩니다.

－'마군' 진영이 승리하였습니다!

－'천군' 진영이 승리하였습니다!

턴이 지나갈 때마다, 하나씩 전장에서 사라지는 양측 진영의 유저들.

이안은 마치 자신이 직접 플레이하기라도 하듯, 모든 유저들의 움직임을 흥미롭게 주시하며 분석했다.

'휴, 저 얼간이는 대체 무슨 자신감으로 저기 들어간 거야?'

'오호? 저 친구는 제법 머리가 잘 굴러가는데?'

가만히 자신의 턴이 돌아오길 기다리는 시간마저도, 전혀 지루함 없이 즐기는 이안.

그리고 그 사이, 하루라도 빨리 아웃되고 싶은 불나방(?) 하나가, 이안을 향해 공격을 감행하였다.

－마군 진영의 정찰대 '왕차이' 유저가, 천군 진영의 기마대 '이안' 유저를 공격합니다.

－'왕차이' 유저와 '이안' 유저의 전투가 시작됩니다.

'옳거니!'

정찰대의 경우, 선제공격 시 스텟이 감소된다.

물론 선공 버프가 없어지는 것은 아니니 원래의 스텟보다 떨어지는 것은 아니었지만, 그렇다 하여도 다른 '장교' 직책들보다 약한 것은 사실이었다.

공격받은 이안의 양쪽 입꼬리는 저도 모르는 사이 귀에 걸려 있었다.

'크, 정찰대로 날 공격하다니. 실력에 자신이 있나 보지?'

물론 방심은 금물이다.

어쨌든 지금 이 전장 안에 있는 유저들은, 전부 세계랭킹 최상위에 랭크되어 있는 유저들이기 때문.

해서 이안은 정말 최선을 다해서 그를 상대했다.

그리고 그것은 상대하는 입장에선 정말 지옥 같은 경험이라 할 수 있었다.

왕차이는 중국의 광동 지역 서버 기사 클래스 10위권 안에 들어가는 랭커였다.

모든 클래스 통합 랭킹으로 따지자면, 대략 50위권 정도의 랭킹.

물론 이 정도도 충분히 뛰어난 수준이기는 했지만, 지금

이 자리에 있을 만한 급은 아니라고 할 수 있었다.

이 신의 말판 전장에는 전 세계에서도 마흔여덟 명만이 선별되어 있었으니 말이다.

그리고 왕차이 또한, 그러한 사실을 잘 알고 있었다.

'이번에야말로 랭크를 더 올릴 절호의 기회야.'

왕차이가 이 자리에 있을 수 있었던 건, 정말 '운이 좋았기 때문'이었다.

마군 진영의 용사의 마을 중대장 NPC가 왕차이가 가진 히든 클래스와 관련이 있는 인물이었기 때문이다.

그 덕에 왕차이는 용사의 길도 빠르게 통과할 수 있었으며, 성능 좋은 용사 장비도 덤으로 얻을 수 있었다.

그리고 그러한 요소들이 시너지를 일으켜, 단일 서버 랭킹 50위권에 불과한 왕차이가 이곳에 있을 수 있게 만들어 주었다.

'후후, 역시 게임은 템발이지.'

심지어 왕차이는 첫 턴에 천군진영의 병사를 둘이나 처치하였다.

여덟 칸이나 되는 이동거리를 최대한 활용하여 곧바로 천군진영의 측면에 파고든 것이다.

덤으로 자신을 공격한 한 병사까지 어렵지 않게 처치해 내었으니, 기세가 하늘을 찌를 수밖에 없는 상황이라 할 수 있었다.

'크으, 병사 따위의 공격으론, 내 중갑에 흠집도 나지 않는다고!'

하지만 아무리 그런 왕차이라 하더라도, 더 이상 천군진영 깊숙한 곳까지 파고드는 데에는 무리가 있었다.

템발이 아무리 대단하다 해도, 수비대장이 버티고 있는 지역까지 함부로 들어갈 수는 없는 노릇이니 말이다.

그리하여 왕차이가 눈을 돌린 곳은, 바로 마군의 본진이었다.

그리고 그곳에는 지금 현재 킬 1위를 달리고 있는 이안이 있었다.

무려 3킬이라는 엄청난 전공을 올리며, 마군 진영 안쪽까지 파고든, 늠름하기 그지없는 이안의 뒷모습.

하지만 '킬 1위'의 타이틀을 노리고 있는 왕차이에게 그런 이안의 뒷모습은 눈엣가시 같을 뿐이었다.

'병사 주제에 3킬이라니. 지금까진 운이 좋았어, 친구.'

왕차이가 보기에 이안은 너무 탐이 나는 먹이였다.

기마대의 장점은 전부 공격 시에만 발동되기 때문에, 지금의 상황에서 공격한다면 아무 버프 없이 왕차이를 상대하게 될 테니 말이다.

심지어 이안 말고는, 다른 대안도 존재하지 않았다.

적진으로 달려봐야 수비대장이 버티고 있었으며, 심지어 남은 전력들은 거의 '수비 모드'를 한 상태였으니 말이다.

괜히 들어가 봐야 앞뒤로 얻어터지다 아웃당하는 일밖에 남지 않을 게 분명했다.

'자, 병사로 시작해서 3킬까지는 용케 했다만. 이제 내 승급을 위한 재물이 되어 주어라!'

이미 이안을 처치하고 '돌격대장'으로 승격한 뒤 전장을 누비며 활약할 그림을 머릿속으로 그리고 있는 왕차이.

─'왕차이' 유저와 '이안' 유저의 전투가 시작됩니다.

왕차이는 전투가 시작되자마자 이안을 도발하기 시작했다.

"험한 꼴 보지 말고 빠르게 기권하는 게 어때, 친구?"

"……?"

"병사로 들어왔으면 '전투병' 직책도 간당간당했을 텐데, 그 정도 실력과 장비론 나한테 통하지 않는다고."

왕차이의 도발을 들은 이안은 뒷머리를 긁적이며 맞장구를 쳐 주었다.

"음, 내가 지금 '신병' 계급이기는 하지."

그리고 그 말에, 왕차이는 더욱 기세등등해졌다.

"하, 진짜로 신병이었어? 이거 너무 시시하겠는데."

양 주먹을 팡팡 마주치며, 당장이라도 달려들 듯한 자세를 잡는 왕차이.

그런 그에게 이안은 음흉한 미소를 지어 보이며 한마디 덧붙였다.

"하지만 조금 조심하는 게 좋을걸."

"뭐?"

"난 그냥 신병이 아니고……."

"……?"

"'슈퍼 신병'이거든."

어이없는 표정이 된 왕차이를 보며, 이안은 한쪽 입꼬리를 슬쩍 말아 올렸다.

일반적으로 '기사' 클래스는 PVP에서 평균 이상의 성능을 보여 주는 클래스이다.

딜 능력은 다른 클래스들에 비해 다소 떨어지는 편이지만, 탱킹 능력이 타 클래스와 비교할 수 없을 정도로 강력하기 때문이었다.

괴랄한 방어력과 생명력, 그리고 회복 능력.

이것을 무기로 버티며 계속해서 딜을 넣다 보면, 상대는 가랑비에 옷 젖듯 결국 모든 생명력을 잃고 마는 것이다.

'그리고 지금처럼, 장비 성능 차이가 많이 난다면……. 전사 클래스 따위로 기사를 절대 이길 수 없지.'

달려드는 이안을 보며, 왕차이는 음흉한 미소를 지었다.

왕차이는 이미 이안을 '전사' 클래스라고 확신하고 있었다.

이전 전투에서, 이안이 보여 준 근접전 실력을 두 눈으로 똑똑히 확인했기 때문이었다.

'피지컬은 확실히 대단한 놈이지만, 공격이 박히지 않는다면 피지컬이 아무리 좋아도 소용없는 법.'

왕차이가 짐작하기로, 이안이 든 검의 티어는 자신의 판금 갑옷보다 적어도 두 단계는 낮은 급이었다.

그리고 그 수준의 무기라면, 정말 개미 발자국만 한 딜이 들어오리라.

"흐아압!"

기합성을 내지르며, 이안을 향해 마주 달리는 왕차이.

그런데 그 순간, 왕차이의 두 눈이 휘둥그레졌다.

"……!"

달려드는 이안의 한 손에, 어느새 방패가 들려 있었던 것이다.

'뭐지? 전사 클래스가 방패를 들어?'

하지만 왕차이의 생각은 더 이어질 수 없었다.

곧바로 이안과 검과 방패를 부대끼기 시작했으니 말이다.

깡- 까앙- 까아앙-!

그리고 왕차이는, 더욱 오기가 생겼다.

'감히 기사 클래스를 상대로 방패 컨트롤 싸움을 해보자는 건가?'

카일란에서 기사 클래스끼리의 PVP는, 흔히 '방패전' 이라고 많이 부른다.

대부분의 경우 방패 컨트롤 실력에 따라 승패가 결정되기 때문이었다.

누가 더 많은 피해를 흡수해 내느냐의 싸움이랄까.

그리고 지금 이안이 방패를 들고 덤볐다는 것은 방패전을 신청한 것이나 다름없었다.

왕차이는 아무리 생각해도, 이안의 '무모한 선택'을 이해할 수 없었다.

'설마 방패 컨을 나보다 잘할 수 있다고 생각하는 건 아니겠지?'

아랫입술을 살짝 깨문 왕차이는, 이안의 움직임에 더욱 집중하였다.

압도적인 방패 컨을 보여 줘서 녀석의 기를 죽여 놓아야 하니 말이다.

하지만 전투가 시작되자 더욱 놀라운 광경이 펼쳐지기 시작했다.

파팡- 파파팡-!

이안과 왕차이의 신형이 움직일 때마다 두 사람의 방패를 타고 푸른 파동이 뿜어져 나온다.

방패막기로 흡수율 90퍼센트 이상을 달성해야만 터져 나오는 이펙트가 연달아서 뿜어져 나오는 것이다.

정말 최고의 실력을 가진 기사 클래스들의 PVP에서만 볼 수 있는, 그야말로 '장관'이라고 할 수 있는 광경.

그리고 그 모습을 지켜보던 다른 랭커들은, 두 눈을 의심할 수밖에 없었다.

'뭐야, 쟤 전사 클래스 아니었어? 대체 정체가 뭐지?'

'저 방패 컨은 타클래스가 보여 줄 수 있는 수준이 아닌데?'

이안과 왕차이의 빙패 컨은 겉으로 보기에 정말 막상막하인 수준이었다.

하지만 여기에는 한 가지 함정이 있었다.

왕차이는 기사 클래스이고 이안은 소환술사 클래스라는 점.

애초에 기사 클래스는 방패 막기를 사용할 때 일정 수준의 컨트롤 보정을 받는다.

때문에 지금 비슷한 수준의 흡수율을 보인다는 것은, 이안의 실력이 한 수 위라는 말과 일맥상통했다.

그리고 그 팽팽하던 균형조차도, 조금씩 한쪽으로 기울어지기 시작했다.

까가강- 그그극-!

듣기 거북한 쇳소리와 함께, 이안의 검이 왕차이의 방패를 훑고 지나갔다.

그리고 다음 순간.

퍼억-!

지금까지와는 확실히 다른, 둔탁한 소리가 전장에 울려 퍼졌다.

"커헉!"

왕차이의 방패를 빗겨 친 이안이, 방패의 결을 따라 그대로 그의 복부를 찌른 것이다.

그리고 뭉텅이로 깎여 나가는 생명력을 확인한 왕차이는, 두 눈을 의심할 수밖에 없었다.

"이게 무슨……!"

치명적인 일격을 허용했다고는 하지만, 그것을 감안하더라도 말도 안 되는 수준의 생명력이 깎여 나갔기 때문이었다.

'대체 어떻게……. 한 방에 5퍼센트나 깎여 나가는 거지?'

전체 생명력에 5퍼센트라는 수치는, 얼핏 보기에 그리 대단한 수준이 아닐 수 있다.

하지만 문제는 왕차이가 기사 클래스라는 것이었다.

기본적으로 다른 클래스들에 비해 생명력이 두 배 이상 높은 데다가, 월등한 방어력까지 갖춘 클래스인 것이다.

게다가 지금 왕차이의 장비들은 다른 유저들보다 적어도 1~2티어 정도는 높은 상태.

결론적으로 지금 왕차이가 확인한 대미지는 예상했던 수준에 두 배를 훌쩍 웃도는 수준이었다.

"후후."

왕차이에게 치명적인 한 방을 꽂아 넣은 뒤, 이안은 한 발짝 뒤로 물러나 씨익 웃어 보였다.

물론 이안은, 왕차이의 멘탈을 슬쩍 건드리는 것도 잊지 않았다.

"혹시 지금, 신병한테 밀리는 거?"

"이놈이……!"

순간적으로 화가 치밀어 오른 왕차이는, 마치 들소처럼 이안을 향해 달려들었다.

그리고 그런 그의 모습을 본 이안은, 속으로 히죽히죽 웃음 지었다.

'형편없는 실력으로 어떻게 2킬이나 했나 했더니……. 믿는 구석이 이거였군.'

사실 겉으로 티를 내지는 않았지만, 이안도 방금의 공수 교환으로 살짝 놀란 상태였다.

그리고 이안이 놀란 이유는, 두 가지였다.

우선 이안은, 생각보다 떨어지는 왕차이의 피지컬에 놀랐다.

물론 왕차이의 피지컬이 나쁘다는 얘기는 아니었다.

이렇게 비교하면 조금 미안하지만, 헤르스와 비교해도 더 나은 수준이었으니까.

다만 문제는, 이곳이 일반적인 전장이 아니라는 것이었다.

세계에서도 쉰 명만이 선별되어 올라온, 그야말로 별들의 전쟁이라 할 수 있는 전장인 것.

이곳에서 2킬이나 올린 유저의 실력이라 하기에, 왕차이는 분명 많이 부족했다.

그리고 둘째로 이안이 놀란 이유는, 예상을 훨씬 웃도는 왕차이의 방어력과 공격력이었다.

간단히 말해, '템발'에 놀란 것이었다.

'이 녀석도 나처럼 제작을 한 건가? 어떻게 이렇게 높은 티어의 템들을 들고 있는 거지?'

옵션을 까 보기 전엔 확실히 알 수 없었지만, 지금 왕차이의 템들은 이안이 착용하고 있는 장비들보다 나은 수준이었다.

물론 지금 이안의 인벤토리에 들어가 있는 '용사의 천룡군장 보주'보다야 떨어지는 수준이었지만, 적당히 제작된 방어구와 검, 방패보다는 확실히 뛰어났던 것.

그리고 이안이 그런 생각을 하는 사이, 어느새 거리를 좁힌 왕차이의 검이 다시 이안을 향해 쇄도하였다.

하지만 그 모습을 보는 이안의 표정은 느긋하기 그지없었다.

'열 방 때려서 안 잡힌다면……. 뭐, 그러면 백 대 때리면 그만이지.'

날아드는 왕차이의 검을 여유롭게 피해 낸 이안이, 순식간에 그의 후방을 점하며 몸을 빙그르르 돌렸다.

그러자 목표물을 잃은 왕차이의 신형이, 순간 균형을 잃고 휘청거렸다.

이어서 다리를 접어 자세를 낮추며 위쪽으로 방패를 치켜드는 이안.

"……!"

그리고 당황한 왕차이를 향해 이안의 신형이 용수철처럼 튕겨 올랐다.

퍼엉-!

마치 폭발음을 연상케 할 정도로, 커다랗게 전장에 울려 퍼지는 둔탁한 타격음.

그 소리가 울려 퍼짐과 동시에, 왕차이의 신형은 거짓말처럼 허공으로 떠올랐다.

이안이 방패치기를 사용하여, 왕차이를 허공에 띄운 것이다.

"으아아……!"

당황한 나머지, 저도 모르게 비명을 터뜨리는 왕차이.

그리고 허공에 떠올라 완벽히 무방비 상태가 되어 버린 왕차이를 이안이 그대로 둘 리 없었다.

퍼퍽- 퍼퍼퍽-!

허공에 떠오른 왕차이의 등짝을, 이안의 검이 무차별적으로 난도질해 버린 것이다.

-마군 정찰병 '왕차이' 유저에게 치명적인 피해를 입혔습니다!

-마군 정찰병 '왕차이' 유저에게 치명적인 피해를 입혔습니다!

이제는 거의 정신이 혼미해져 버린 왕차이!

하지만 거기서 끝이 아니었다.

허공에서 떨어져 내리는 왕차이를 향해, 이안의 검이 그대로 꽂혀 들어갔으니 말이다.

퍼억─!

그리고 그 순간.

왕차이의 눈에는, 두 눈으로 보고도 도저히 믿을 수 없는 시스템 메시지들이 떠올라 있었다.

─무방비 상태에서 치명적인 피해를 입었습니다.

─'마염의 판금갑옷' 아이템의 내구도가 30퍼센트만큼 떨어집니다.

─'마염의 판금갑옷' 아이템이 '파열' 상태가 되었습니다.

─'마염의 판금갑옷' 아이템의 방어력이, 63퍼센트만큼 감소합니다.

"크허윽……."

이안에게 무차별 공격을 당한 뒤, 그대로 내동댕이쳐져 바닥을 힘없이 구르는 왕차이.

아직도 절반 이상의 생명력이 남기는 했지만, 왕차이는 이미 전의를 상실한 상태였다.

'내, 내 마염갑이……!'

마염의 판금갑옷은, 용사의 협곡에서 지금의 왕차이가 있을 수 있도록 만들어 준 완소 아이템이었다.

그리고 아이템이 '파열' 상태가 되었다는 것은, 제 기능을 못하게 되었다는 말과 일맥상통했다.

물론 수리가 불가능한 것은 아니었지만, 최대한 수리한다고 하여도 원래의 성능을 되찾을 수는 없으니 말이다.

일반적으로 '파열'로 인해 떨어진 아이템의 성능은 운 좋게 수리가 잘되어 봐야 50퍼센트 수준으로밖에 복구할 수 없었다.

그리고 그렇게 복구된 마염갑을 사용하느니 그냥 '전투병' 등급의 아무 방어구나 착용하는 게 나을 수준이었다.

"이…… 이……!"

극도로 치밀어 오르는 복합적인 감정으로 인해, 두 주먹을 부르르 떠는 왕차이.

하지만 그렇다고 해서, 왕차이가 슬퍼할(?) 시간을 줄 이안이 아니었다.

"자, 제법 힘들어 보이는데……. 이제 그만 나가서 쉬자고 친구."

이안은 맹렬한 기세를 뿜어내며, 왕차이를 향해 다시 달려들었다.

물론 왕차이 또한 검과 방패를 마주 휘둘렀지만, 지금까지와는 확연히 다른 움직임이었다.

갑옷이 파열되어 심리적으로 위축된 데다, 이미 전의를 상실했으니 말이다.

퍽- 퍼퍼퍽-!

연신 방패를 들이대지만, 단 한 번도 제대로 막아 내지 못하는 왕차이.

반면에 이안의 방패에서는 지금까지와 마찬가지로 푸른 파동이 계속해서 퍼져 나왔다.

파앙- 파파팡-!

그리고 그렇게 10여 분 정도가 지났을까?

-마군 정찰병 '왕차이' 유저의 생명력이 전부 소진되었습니다.

-천군 기마대 '이안' 유저가 승리하였습니다.

-'왕차이' 유저가 전장 바깥으로 소환됩니다.

전투의 끝을 알리는 메시지가 장내의 모든 유저들의 눈앞에 주르륵 하고 떠올랐다.

띠링-!

그리고 이안의 눈앞에는, 기분 좋은 메시지들이 추가로 이어졌다.

-수비전에서 승리하였습니다.

-현재까지 누적 킬 포인트 : 4

-연속해서 4킬을 달성하셨습니다.

-획득 공적치가 150만큼 추가로 누적됩니다.

전장 안에서 이안의 존재감은 점차적으로 커져 갔다.

처음 아무도 신경 쓰지 않는 병사 1에서 시작하여 운 좋게 장교를 처치한 신경 쓰이는 병사였다.

그러다가 3킬을 올리고 장교로 진급한 뒤에는 제법 위험해 보이는 존재가 되었다.

그리고 또다시 이안의 턴이 가까워 오자, 이제는 모두의 시선이 그에게로 집중되었다.

매번 상상 이상의 결과를 만들어 내는 이안의 행보가 무척
이나 궁금했기 때문이었다.

사실 이안에게 관심이 본격적으로 쏠리기 시작한 것은, 그
가 '기마대'를 선택했을 때부터였다.

오직 '전진'만이 가능한 직책인 기마대.

그리고 지금 이안의 위치는 적진의 초입이었기에, 기마대
를 선택한 순간 이미 적진으로 파고들겠다는 의지를 보인 것
이었다.

"크, 슈퍼 신병 차례 곧 온다."

"이번엔 어떻게 움직일까?"

"어떻게 움직이긴. 측방으로 더 이동해서 남아 있는 병사
들 먼저 잡으려 하겠지. 병사들이 제일 만만하잖아?"

"하긴. 내가 저 친구여도 병사들 먼저 타깃팅하겠어. 2킬
더 올리고 장군 달고 싶을 테니 말이야."

"에이, 그건 힘들걸?"

"왜?"

"지금 그쪽에 수비대장 있잖아. 아무리 저 녀석이라 해도,
수비대장까지 함께 상대하려고 하지는 않을 거야."

관중들의 의견은 분분했다.

지금 이안의 포지션이, 어떻게 움직여도 위험한 상황이었
으니 말이다.

하지만 대부분의 의견은, 결국 하나로 귀결되었다.

측방의 가장 외곽 쪽에 있는 병사 하나가 수비대장의 수비 범위 바깥으로 벗어나 있었으니 말이다.

"결국 저쪽으로 움직이겠지?"

"그럴 거 같아. 병사 킬 따고, 다른 천군 유저들의 지원을 기다리겠지."

하지만 잠시 후 이안의 차례가 돌아왔을 때.

-전투가 종료되었습니다.

-천군 진영의 기마대장, '이안' 유저의 턴입니다.

모두들 경악할 수밖에 없었다.

"……!"

턴이 오자마자 한 치 망설임도 없이, 이안이 전방을 향해 성큼성큼 걸었기 때문이었다.

"저 미친놈, 뭐 하는 거야?"

마군 진영의 '대장군'을 향해 점점 가까워지는 이안의 말.

마군 진영의 유저들은 숨죽여 그의 행보를 지켜보았고, 그것은 천군 유저들도 마찬가지였다.

단지 앞으로 걸어 나가는 이안만이, 무척이나 평온한 표정을 하고 있었다.

-전방으로 한 칸 이동하였습니다.

-'기마대의 질주' 효과가 적용되어 공격력이 2퍼센트만큼 상승합니다.

-전방으로 한 칸 이동하였습니다.

-'기마대의 질주' 효과가 적용되어 공격력이…….

　'기마대의 질주' 효과는 전장의 모든 유저들이 이미 알고 있는 것이었다.

　그리고 그 효과를 극대화하기 위해선 이안이 다섯 칸 앞에 있는 '보좌관'을 공격해야 한다는 것도 모두가 인지하고 있는 사실이었다.

　하지만 모든 유저들은, 그것이야말로 자살행위라고 생각하고 있었다.

　이미 4연속 전투를 벌인 이안이 동급의 직책인 보좌관을 상대로 이길 것이라 생각하지 못했으니 말이다.

　물론 이안은 한차례 진급하여 모든 생명력을 회복하였으며, 방금 전 왕차이와의 전투에서도 거의 생명력이 닳지 않았지만 다른 이들은 그런 사실을 알 턱이 없었다.

　생명력이 회복되었다는 메시지는, 이안에게만 떠오른 것이었으니까.

　척-!

　마군 진영의 보좌관 앞에 서서 천천히 검을 빼어 든 이안.

　-천군 진영의 기마대 '이안' 유저가 마군 진영의 보좌관 '아레미스' 유저를 공격합니다.

　-'이안' 유저와 '아레미스' 유저의 전투가 시작됩니다.

　그리고 이 전투는, '신의 말판' 전장의 커다란 분기점이 되었다.

대부분의 유저들은 눈치채지 못했겠지만, 이안의 이 한 수에는 무척이나 복잡한 수 싸움이 담겨 있었다.

겉으로 보기엔 그저 무대뽀처럼 보이는 행보일지 몰라도, 이안은 이 한 수를 결정하는 데까지 무척이나 공을 들여 머리를 굴렸으니 말이다.

'이 전투에서, 최대한 압도적으로 이겨야 해.'

애초에 이안은, 보좌관을 이기지 못할 것이라는 생각은 눈꼽 만큼도 하지 않고 있었다.

아직 숨겨 놓은 패가 많기도 했을 뿐더러, '기마대의 질주' 효과로 인한 25퍼센트 공격력 상승 버프에 선공 버프까지 둘렀으니 말이다.

다만 문제는, 전투가 끝난 뒤였다.

이안이 보좌관을 처치하고 나면, 그 두 칸 옆에 버티고 있는 대장군의 공격을 받을 수 있었으니까.

그렇다면 이안은, 대장군을 상대로도 이길 수 있다는 생각을 한 것일까?

'쉽게 져 줄 생각은 없지만 그래도 아직은 위험해.'

이안은 적어도 이번 턴에, 대장군의 공격을 받을 생각은 없었다.

아무리 소환수를 전부 꺼내고 숨겨 놓았던 패들을 꺼내어도, 선공 버프까지 받은 대장군을 이기는 건 쉽지 않았다.

이안의 계획은, 대장군이 자신을 '공격하지 못하게 만드는 것'이었다.

사무실의 모니터로 전장을 관전하던 나지찬은 자신도 모르게 입을 쩍 벌리고 말았다.

이안의 한 수를 깨닫고는, 온몸에 소름이 돋은 것이다.

'이 미친놈은 어떻게 이런 생각을 할 수 있지?'

처음 이안이 보좌관을 향해 돌진할 때, 나지찬은 두 눈을 의심했었다.

물론 다른 유저들처럼 이안이 보좌관을 이길 수 없으리라 생각한 것은 아니었다.

나지찬은 이안이 두르고 있는 아이템들의 상태를 잘 알고 있었고, 때문에 이안이 얼마나 강력한지도 인지하고 있었으니.

이안이 보좌관을 어렵지 않게 이길 것이라는 정도는 예상하고 있었다.

다만 나지찬이 당황한 이유는, 이안이 보좌관의 바로 옆에 있는 대장군을 고려하지 않았다고 착각했기 때문이었다.

당연히 다음 턴에 대장군이 이안을 잡아먹을 것인데, 이안이 너무 기초적인 실수를 한 것처럼 보였으니까.

그러나 조금만 더 생각을 확장시켜 보자, 이안이 어떤 수를 둔 것인지 하나씩 깨달을 수 있었다.

'하나, 둘, 셋……. 정확히 열 칸이야. 이안은 여기까지 생각하고 움직인 게 분명해……!'

이안의 뒤쪽에는, 천군 진영의 '돌격대장'이 버티고 있었다.

바로 뒤는 당연히 아니었지만, 정확히 대각선상으로 열 칸 뒤에 돌격대장이 서 있었던 것이다.

이 상황에서 이안이 보좌관을 처치하고, 그런 이안을 다시 대장군이 처치한다면 대장군은 당연히 돌격대장의 사정거리 안에 들어오게 된다.

이안을 처치하고 그 자리에 서게 될 테니 말이다.

게다가 이안의 자리에 선 대장군은, 아무 보좌관의 도움도 받을 수 없게 된다.

우측 보좌관은 이안이 처치했으니 도울 수 없는 게 당연했고, 대장군이 우측으로 세 칸 이동함으로 인해 좌측 보좌관과 멀어지게 되니 말이다.

때문에 대장군이 이안을 공격하려면, 이안에게 거의 피해 없이 승리를 거둘 수 있다는 확신이 있어야만 한다.

만약 이안에게 조금이라도 피해를 입는다면, 천군 돌격대장이 기회를 놓치지 않고 곧바로 달려들 테니까.

'아니, 이 자식은 대체 뇌 구조가 어떻게 생겨먹은 거지?

현장에서 직접 전투하면서 여기까지 생각이 가능하다고?'

나지찬은 대장군이 이안을 공격하지 못하리라 확신했다.

대장군이 아니라 다른 직책이어도 공격하지 못했을 상황인데, 하물며 사망하는 순간 전투 자체에서 패배하게되는 '대장군'임에야 더욱 보수적으로 움직일 수밖에 없을 테니 말이다.

그리고 생각이 여기까지 미치자, 나지찬은 이안의 다음 수까지 볼 수 있었다.

'하, 이 미친놈, 보좌관 잡고 반대편으로 워프할 생각까지 하고 있는 거였어.'

대장군은 이안에게 덤빌 수 없을 것이고, 그렇다면 이안은 다음 턴까지 어떤 공격도 받지 않을 것이다.

근처에 마군 전력이 의무대장밖에 없었으니 말이다.

그리고 다음 턴이 돌아온 이안은 유유히 전장을 빠져나갈 것이다.

기마대의 특수 능력을 활용하여 마군 진영의 최후방 타일을 밟고 천군진영으로 워프할 수 있으니까.

"돌았다. 진짜 돌았어……!"

자신도 모르게, 마음속에 있던 생각을 입 밖으로 내뱉은 나지찬.

그러자 그의 옆에 있던 김지연이 고개를 끄덕이며 그의 말에 동조했다.

"역시 이안은 미친 것 같아요."

김지연의 말을 들은 나지찬이, 고개를 살짝 갸우뚱하며 되물었다.

"김 주임, 이안이 뭘 하려는 건지 설마 이해한 거야?"

김지연의 게임 이해도는, 기획 팀에서도 낮은 편이었다.

때문에 몇 수 앞을 내다보는 이안의 움직임을 이해했다는 말이, 비현실적으로(?) 들린 것이다.

하지만 그녀의 다음 말을 들은 순간, 나지찬은 헛웃음을 흘릴 수 밖에 없었다.

"당연하죠. 팀장님은 제가 바보인 줄 아세요?"

"……?"

"이안 지금 보좌관이랑 자폭하려는 거잖아요."

"으음……?"

"어차피 기마대는 앞으로밖에 못 움직이니까, 도망칠 수도 없죠. 그러니까 보좌관이라도 제거하고 장렬히 전사하려는 거잖아요. 보좌관 하나만 없어져도, 대장군 공략하기 두 배는 쉬워지니까요."

"하, 하하……. 김 주임 많이 늘었는데?"

나름 머리를 굴려 본 듯, 자신만만하게 의견을 피력하는 김지연.

그리고 그런 김지연의 예측은 충분히 그럴싸했다.

확실히 평소에 알던 그녀의 수준을 넘어선, 나름 고차원적인 분석이었으니까.

하지만 나지찬은, 이안이 그렇게 이타적인 인물이 아니라는 것을 잘 알고 있었다.

이안은 결코 천군의 승리를 위해, 자신을 희생할 리 없는 인물인 것이다.

피식 웃은 나지찬은, 김지연을 향해 다시 입을 열었다.

"자, 김 주임."

"예?"

"우리 그럼, 오랜만에 내기 한 번 할까?"

"무슨 내기요?"

"내기? 뭔데요? 팀장님, 저도 해요!"

"나도!"

'내기'라는 나지찬의 말에, 기획 3팀의 팀원들이 우르르 모여들었다.

모니터링이라는 단순노동에 지쳐 있는 기획 팀원들에게, '내기'라는 단어는 활력을 불어넣기 충분했으니까.

그리고 사람들이 모이자, 나지찬은 스크린을 응시하며 다시 입을 열었다.

"이 상황에서, 이안은 어떻게 될까?"

"......?"

"네?"

어리둥절한 표정이 된 팀원들을 향해 나지찬이 말을 이어갔다.

"여기 김 주임은, 이안이 보좌관을 처치하고 전사할 거라고 했어."

"저도 들었어요. 제법 설득력 있던데요?"

"맞아요."

잠시 뜸을 들인 나지찬이, 다시 입을 떼었다.

"하지만 나는, 좀 다르게 생각하거든."

"……?"

나지찬의 얘기가 흥미로웠는지, 조용히 그의 다음 말을 기다리는 3팀의 팀원들.

잠시 뜸을 들인 나지찬은, 씨익 미소를 베어 물며 말을 이었다.

"보좌관을 처치한 이안은, 아마 살아서 나갈 거야. 그리고 다음 턴이나 그다음 턴쯤 해서 장군으로 진급할 거고."

전장은 조용했다.

아니, 조용함을 넘어 무서울 정도의 적막에 휩싸여 있었다.

그리고 그 이유는, 바로 모두의 눈앞에 떠올라 있는 몇 줄의 시스템 메시지 때문이었다.

─마군 보좌관, '아레미스' 유저의 생명력이 전부 소진되었습니다.

―천군 기마대, '이안' 유저가 승리하였습니다.

―'아레미스' 유저가 전장 바깥으로 소환됩니다.

모두의 예상을 깨고, 이안이 승리했다.

아니, 승리한 것을 넘어, 말도 안 되는 광경을 연출하였다.

"대, 대체 어떻게 된 거야?"

"혹시 버그 유전가?"

"이거 뭐야……. 무섭잖아."

전투가 시작된 지 정확히 3분.

마군의 보좌관 아레미스를 처치하는 데, 이안이 소요한 시간은 단 3분이었다.

그리고 말이 3분이지, 관객들이 체감한 시간은 더욱 짧았다.

아레미스는 정말 말 그대로, 아무것도 해 보지 못하고 사망해 버렸으니까.

히이잉―!

바늘 떨어지는 소리조차 들릴 것 같은 어두운 적막 속에, 스산한 말 울음소리가 쩌렁쩌렁 울려 퍼졌다.

거대한 묵빛 날개를 양 옆으로 쫙 펼친 채, 사뿐히 바닥에 내려앉는 한 마리의 소환수.

탓.

이어서 말의 위에 올라 있던 한 그림자가, 가볍게 바닥에 내려섰다.

그리고 그 그림자는, 허공을 향해 손을 뻗어 올렸다.

"소환 해제."

그러자 그의 주변에 서 있던 그림자들이 그의 손을 향해 빨려 들어갔다.

한 마리 사나운 늑대부터 시작하여, 흉포한 날개를 가진 드래곤까지.

마지막으로 그를 태우고 있던 한 마리 말까지 그 안으로 빨려들자, 전장은 다시 침묵 속에 잠겨들었다.

그리고 그 '고요' 속에서, 이안의 목소리가 울려 퍼졌다.

그 목소리는, 마군 진영의 대장군을 향한 것이었다.

"한 발만 앞으로 나와 봐."

이어서 이안의 입가에 자신만만한 미소가 떠올랐다.

"그 순간, 이 게임은 끝날 거니까 말이야."

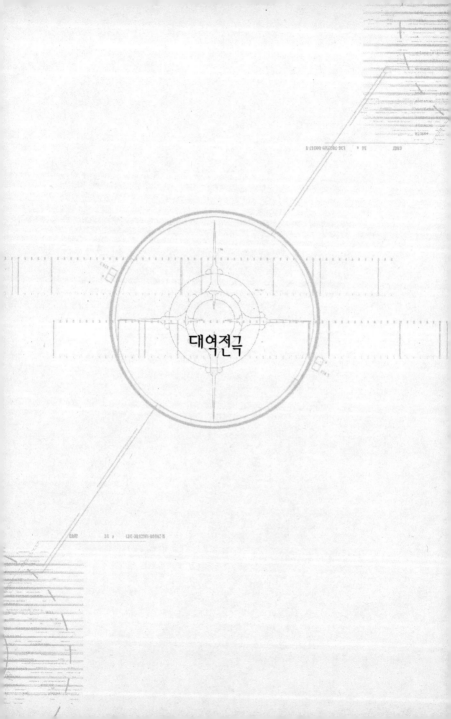

대역전극

Taming Master

모두가 숨죽인 가운데, 또다시 정적이 흘렀다.

이제는 이안의 한마디가 어떤 의미인지, 대부분의 사람들이 깨달았기 때문이었다.

마군 본진 한복판에 혼자 뛰어들어 온 이안을, 어쩌지 못하고 그대로 보고 있어야만 하는 상황.

유저들은 이 상황을 만들어 낸 이안에게 소름이 돋음과 동시에 앞으로 어떻게 전개될지가 무척이나 궁금해졌다.

아직까지도 마군 진영이 유리한 상황이기는 했지만, 이안의 기세를 꺾지 못하면 뒤집어지는 것은 시간문제처럼 보였으니 말이다.

심지어 이안이 방금 보여 준 폭풍 같은 장면은 세계적인 랭커들마저 압도당할 만큼 어마어마한 수준의 것이었다.

이안의 실력도 실력이었지만, 그 분위기와 기세에 압도당한 것이랄까.

이안과 대장군의 눈이 마주친 채, 조금의 시간이 더 지나갔다.

그리고 잠시 후.

이 긴장감 넘치는 적막 속에서 묵직한 하나의 목소리가 울려 퍼졌다.

그것은 당연히, 마군 진영 대장군의 목소리였다.

미국 서버의 전사클래스 랭킹 1위이자, 마군 진영의 대장군인 카이.

그의 입이 천천히 떨어졌다.

"제법 잔머리가 잘 돌아가는 친구로군."

카이의 목소리는 차분했다.

그리고 그 목소리 안에는, 숨길 수 없는 감탄이 스며 있었다.

이안이 보여 준 한 수는, 그가 보기에도 정말 절묘했기 때문이었다.

하지만 그가 감탄한 이유는 이안의 수 싸움에 한정되는 것일 뿐, 이안의 전투 능력에 감탄한 것은 아니었다.

오히려 이안의 진정한 실력을 목격한 카이는, 호승심이 일어나고 있었다.

이것은 카이가 이안을 얕보기 때문이 아니었다.

그저 그의 게임 플레이 성향과 관련 있는 것이었다.

"잔머리라……. 그렇게 표현하면 섭섭하지. 이런 건 잔머리가 아니라 '전략'이라는 말로 표현하는 거라고, 친구."

씨익 웃으며 받아치는 이안을 보며, 카이 또한 마주 웃어 보였다.

그리고 다시, 천천히 말을 이었다.

"마음 같아선 지금 당장이라도 네 녀석과 싸워 보고 싶지만……."

카이의 시선이 슬쩍 전장의 뒤편으로 돌아간다.

그리고 그곳에는, 천군 진영의 돌격대장 뮈셀이 있었다.

카이의 입이 다시 열렸다.

"그랬다간 저 친구가 가만두지 않을 것 같군."

"후훗."

기분 좋은 웃음을 짓는 이안.

이안으로서는 기분이 좋지 않을 수 없었다.

그는 지금, 마치 이 전장을 통제하는 '신'이 된 것 같은 기분이었으니까.

전장의 이름이 신의 말판이라면, 이안은 지금 그 말들을 움직이는 신이었다.

말판의 모든 말들이, 그가 짜 놓은 판 안에서 움직이고 있었으니 말이다.

하지만 카이의 말은 거기서 끝이 아니었다.

"그리고 사실, 오히려 잘됐다는 생각이 들기도 해."

예상치 못했던 카이의 말에, 이안의 얼굴에 흥미로움이 떠올랐다.

"왜지?"

카이는 씨익 웃으며 다시 말을 이었다.

"지금 내가 널 공격해서 이겨 봐야, 별로 의미가 없으니까."

"……?"

"그건 대장군 카이가 기마대 이안을 이긴 것일 뿐, 내가 널 이긴 건 아니니까 말이지."

사실 대장군 카이는, 미국 서버 유저라면 모르는 사람이 없을 정도로 유명한 유저였다.

압도적인 전사 클래스 랭킹 1위이기도 하거니와, 자타공인 PVP 최고의 실력자이기 때문이었다.

PVP를 너무 좋아해서, 싸움개라는 별명이 붙었을 정도.

때문에 미국 서버 유저들은 카이의 이 말들이 진심이라는 것을 잘 알고 있었다.

타 서버 유저들이야 허세처럼 느낄지라도 말이다.

그리고 이안 또한, 그의 눈빛에서 진심을 느끼고 있었다.

'별, 특이한 놈을 다 보겠군.'

카이의 말을 다시 정리해 보자면, 유리한 버프를 받은 상황에서는 싸워 이기는 것이 의미 없다는 말이었다.

그리고 그런 사고방식은 이안으로서는 이해할 수 없는 것이었다.

게임 내의 직책과 버프, 그리고 발까지도 이안은 그 유저가 가진 실력의 일부라고 생각했으니 말이다.

특별히 버그를 쓰거나 하는 것이 아니라면, 이안은 '이긴 놈이 이긴 것'이라 생각했다.

하지만 그것과 별개로, 카이라는 인물에 대해 흥미가 동하기는 했다.

어쨌든 한 진영의 대장군이 되었다는 건 분명 그만한 실력이 있다는 이야기였으니 말이다.

'얼마나 대단한 실력을 가졌을지 기대되는데?'

때문에 이안은, 카이가 원하는 상황을 그대로 만들어 줄 생각이었다.

완벽히 동일한 버프 상태에서의 정면대결.

어차피 카이가 원하지 않았다고 하더라도, 그 상황을 만들어낼 예정이었고 말이다.

'대장군의 버프가 100퍼센트이고, 장군의 버프가 70퍼센트니까…….'

어차피 진급의 한계는 장군이다.

장군 상태에서는 아무리 킬을 많이 먹어도 대장군이 될 수 없게 되어 있으니 말이다.

하지만 이 전장에는, '선공 버프'라는 추가적인 버프 개념이 있었다.

'내가 장군 달고 선공 버프까지 먹으면, 얼추 비슷한 스텟 버프로 싸울 수 있겠지.'

이안은 이런저런 생각을 하며, 전장의 움직임을 다시 주시하기 시작했다.

처음에는 마군 쪽에 유리해 보였던 전장이 이제는 균형을 맞춰 가고 있었고, 때문에 전장은 점점 더 치열한 양상을 띠었다.

그리고 잠시 후.

-전투가 종료되었습니다.

-천군 진영의 기마대장, '이안' 유저의 턴입니다.

또다시 이안의 턴이 돌아왔고, 그는 다시 망설임 없이 움직이기 시작했다.

어차피 이번 턴에는, 적진의 끝까지 직진하여 본진으로 워프 하는 것 외에는 둘 수 있는 수가 없었으니 말이다.

-전방으로 한 칸 이동하였습니다.

-'기마대의 질주' 효과가 적용되어, 공격력이 2퍼센트만큼 상승합니다.

-전방으로 한 칸 이동하였습니다.

-'기마대의 질주' 효과가…….

거침없이 의무대장의 옆을 지나, 적진의 마지막 타일을 밟는 이안.

그런데 그 순간…….

"……!"

이안의 두 눈이 갑자기 휘둥그레지고 말았다.

전혀 예상하지 못했던 메시지가, 그의 눈에 떠올랐으니 말이다.

－마군 진영의 마지막 타일을 밟았습니다.

－적진을 돌파하는 데 성공하였습니다!

－'기마대'의 숨겨진 고유 능력, '금의환향' 효과가 발동됩니다.

－천군 진영의 최후방으로 워프됩니다.

－소모된 모든 생명력이 회복됩니다.

－소모된 모든 스태미너가 회복됩니다.

신의 말판에서 스태미너 수치는, 다른 말로 '이동 가능 거리'이다.

다시 말해 '금의환향'효과가 발동되면서, 이안의 턴이 또 한 번 돌아온 것이나 마찬가지라는 이야기.

그리고 그 메시지를 확인한 이안은, 속으로 쾌재를 부를 수밖에 없었다.

'크으, 일이 풀리려니까 이렇게도 풀리네?'

위이잉－!

낮은 공명음과 함께, 이안의 주변으로 황금빛 물결이 솟아올랐고.

척─!

그와 동시에.

이안의 신형은 다시, 천군 진영으로 돌아와 있었다.

그리고 정확히 전방 세 칸 앞에, 아주 익숙한 얼굴이 이안의 눈에 들어왔다.

"여, 오랜만이야."

남자와 시선이 마주친 이안의 한쪽 입꼬리가 천천히 말려 올라갔다.

하지만 남자의 표정은 이안의 표정과 달리 썩 좋아 보이지 않았다.

"하…… . 네놈과는 확실히 악연인 게 분명하군."

마군의 기마대이자, 한국 서버 마계 최상위 랭커인 남자.

'이라한'의 얼굴이, 마치 똥이라도 씹은 듯 일그러지고 말았다.

이라한은 애초에, 이안에게 한 수 이상 밀리는 실력을 가지고 있었다.

그런데 버프 차이로 스텟까지 밀리게 되니, 이안의 상대가 될 턱이 없었다.

직책이야 같은 기마대였지만, 이안의 경우 선공버프에 '기마대의 질주' 버프까지 둘둘 두른 것이다.

심지어 기마대의 버프는, '금의환향'이라는 특수한 상황 때문에 한계를 초월한 상태였다.

원래대로라면 다섯 칸을 직진하는 게 질주 버프의 한계였지만, 스태미너가 초기화되면서 무려 여덟 칸을 직진했으니 말이다.

'기마대의 질주' 버프로 인해 상승한 공격력만 해도, 무려 31퍼센트라는 무지막지한 상황.

이라한은 정말 이안의 옷깃 한번 건드려 보지 못한 채, 순식간에 전사하고 말았다.

이안이 쏘아 낸 불화살 세례에, 순식간에 고슴도치가 되어 버린 것이다.

버프를 둘둘 만 이안의 화살은, 한 발 한 발이 정말 핵폭탄급이었다.

-마군 기마대, '이라한' 유저의 생명력이 전부 소진되었습니다.

-천군 기마대, '이안' 유저가 승리하였습니다.

-'이라한' 유저가 전장 바깥으로 소환됩니다.

그리고 이안의 활약이 지속되자, 천군 진영의 사기 또한 하늘을 찌를 듯 높아졌다.

"와아!"

"미쳤다, 대박이다!"

가장 낮은 직책인 병사로 시작해서, 무려 세 턴 만에 6킬이라는 말도 안 되는 성적을 만들어 낸 이안.

심지어 이제는, 해외 서버의 유저들조차도 이안갓을 외치기 시작했다.

　

—지저스! 이안갓!

—맙소사. 이안갓이 또 해냈어!

　

한국 서버의 누군가가 이안갓을 외치자마자 천군진영을 응원하던 세계의 네티즌들 사이에서, 순식간에 '이안갓'이라는 단어가 불길처럼 번져 나간 것이다.

'신의 말판' 중계를 시청하는 세계의 거의 모든 채널에서, 예외 없이 도배되고 있는 '이안갓'이라는 단어.

　

—이안갓은 대체 어느 나라 유저인 거야?

—몰라, 한국 서버 유저라는 거 같던데?

—크으, 역시 카일란 종주국이라는 건가!

—젠장! 난 오늘부터 유캐스트만 파야겠어. 이안갓 전투 영상 전부 모아 놓고 다 볼 때까지 정주행할 거야!

　

그리고 잠시 후, 그 열기는 일시적으로 사그라졌다.

아니, 사그라졌다기보다는 잠깐 숨을 죽였다는 게 옳은 표현일 것이었다.

이안이 다시 세 번째 킬을 올렸으니, 또 한 번 진급할 차례가 되었다는 걸 시청하던 모든 유저들이 깨달았으니 말이다.

신의 말판 전장 한복판에 울려 퍼지는, 익숙한 목소리의 시스템 메시지.

띠링—!

—천군의 기마대, '이안' 유저가, 신의 말판 전장에서 3킬 이상을 추가로 올렸습니다.

—조건이 충족되었습니다.

—'이안' 유저의 직책이, '장군'등급으로 상승합니다.

메시지를 확인한 이안의 입가에 기분 좋은 미소가 걸렸고, 전장의 모든 유저들은 그의 선택을 숨 죽여 지켜보았다.

하지만 장교로의 진급 때와 달리.

이번에는 대부분의 유저들이 이안이 선택할 직책을 예측할 수 있었다.

이안의 전투 성향이 거의 드러나기도 했지만, 지금 상황에서 가장 캐리력 있는 직책이 무엇인지 모두가 알고 있었으니 말이다.

—'장군' 계급으로 승격하셨습니다.

—직책을 선택하실 수 있습니다.

—선택 가능한 직책 : 수비대장/돌격대장

—어떤 직책을 선택하시겠습니까?

또다시 전장에 울려 퍼지는 시스템 메시지.

그리고 잠시 후…….

이안의 선택은 모두의 예상을 벗어나지 않았다.

이 전장이 시작된 후 '처음'으로 말이다.

-천군 진영의 기마대 유저 '이안'이 돌격대장 직책을 얻었습니다.

-'이안' 유저의 전투 능력치가 재설정됩니다.

돌격대장이 된 이안은 그야말로 날아다니기 시작했다.

동에 번쩍, 서에 번쩍.

전장의 곳곳에 널려 있는 먹잇감들을 향해, 미친 듯이 뛰어다닌 것이다.

이제 이 전장에서 이안이 선공을 걸었을 때 더 많은 버프를 갖는 존재는 '대장군'밖에 없었으니, 이안의 움직임에는 거침이 없었다.

-천군 돌격대장, '이안' 유저가 승리하였습니다.

-천군 돌격대장, '이안' 유저가 승리하였습니다.

그리고 세 턴이 더 지났을 때, 이안은 두 개의 킬을 추가로 올렸다.

첫 세 턴 만에 6킬을 올린 것에 비하면 약소한 성적이었지만, 전장이 중반에 접어들었다는 것을 생각한다면 충분히 엄청난 성과였다.

시간이 지날수록 상위 티어의 정예들만 남게 되는 데다, 대부분이 수비대장의 수비 범위 안에서만 움직이니 말이다.

그리하여 지금까지 이안이 만들어 낸 킬은…….

-Rank 1 : 천군 돌격대장 이안 : 8킬

-Rank 2 : 마군 대장군 카이 : 6킬

-Rank 3 : 마군 돌격대장 림롱 : 4킬

-Rank 3 : 천군 대장군 페드릭 : 2킬

무려 8킬이라는 어마어마한 수치였다.

"저 미친놈……. 이 전장에서 8킬을 하는 게 말이 되냐?"

"와, 저놈 혼자서 멱살 잡고 캐리해 버리네."

"그러게. 지금까지 천군 전체 킬 포인트가 열다섯 갠데, 그중에 여덟 개가 저놈 거야……."

"대장군 페드릭이 올린 2킬 제외하면, 천군에서 나머지 5킬은 누가 먹은 거지?"

"수비대장 '간지훈이'라는 녀석이 1킬 먹었네. 방금 죽은 돌격대장 녀석도 2킬 먹은 것 같고……. 나머지 2킬은 장교들이 하나씩 가져갔어."

"하, 이거 앞으로 깰 수는 있는 기록인가?"

"힘들걸. 저 미친놈, 앞으로도 최소 2킬 이상은 할 거 같으니까 말이야."

"헐, 그럼 두 자리 수 킬 나오는 건가?"

"그렇겠지."

"하……. 그리고 보니 심지어 쟤 병사로 시작했네."

"소오름."

전장의 바깥쪽에서는, '이안'이라는 단어와 '미친 놈'이라는 단어만 계속 반복되고 있었다.

스펙 부족으로 전장에 참여하지 못하고 외부에서 구경 중인 랭커들이, 이안의 플레이에 연신 경악하고 있었던 것이다.

만약 전장에 투입되어 있는 유저들에 대해 모르는 상태로 구경했더라면, '랭커의 양민 학살 현장'이라 얘기해도 믿었을 정도였다.

그런데 모두가 이안의 플레이에 감탄하고 있었던 그 순간……!

-천군 의무대장, '료이카' 유저의 생명력이 전부 소진되었습니다.

-마군 돌격대장, '림롱' 유저가 승리하였습니다.

-'료이카' 유저가 전장 바깥으로 소환됩니다.

천군 진영의 상승세를 '툭' 하고 끊어 버리는 시스템 메시지가, 전장의 하늘에 울려 퍼졌다.

축구 경기를 시청할 때 사람들은, 탄식을 하며 답답해하는 경우가 많다.

'아, 바로 옆을 대체 왜 못 보는 거야?'

'거기서 한 번만 접었으면 그대로 열렸을 텐데. 아, 답답하네.'

'아, 공간 비었잖아. 패스 좀 하지.'

하지만 말로만 그렇게 투덜댈 뿐.

실제로 선수들의 플레이가 얼마나 뛰어난 것인지는, 대부분의 사람들이 알고 있었다.

직접 필드에서 뛰어 보면, 필드를 넓게 보는 게 얼마나 힘든 일인지 금방 깨달을 수 있으니 말이다.

당장 눈앞에 달려드는 선수를 상대하는 것도 쉽지 않은 상황에서, 전체를 보는 게 쉬울 리 없는 것이다.

그리고 그것은, 이 '신의 말판'이라는 필드에서도 마찬가지였다.

물론 실시간으로 움직여야 하는 축구보다야, 턴제로 진행되는 이 신의 말판이 생각할 여유는 더 많다.

하지만 반대로, 변수와 경우의 수는 이 신의 말판이 훨씬 많았다.

유닛마다 이동 가능 거리가 각기 다른 데다, 버프의 종류와 특성도 수없이 많았으니.

이 모든 경우를 생각하며 수 싸움을 하는 게 쉬울 리 없는 것이다.

하지만 축구를 보는 관중들과 마찬가지로, 천군 진영을 응원하던 시청자들은 탄식을 터뜨릴 수밖에 없었다.

천군 수비진영의 실책은, 그만큼 뼈아팠으니 말이다.

-하, 쟤들 잘하다가 갑자기 뭐 하는 거임?

-거기서 림롱한데 길을 열어 주면 어쩌자는 거야?

-와 씨, 생각도 못 했던 전개인데, 이건.

-진짜 큰일 났네. 아직 완벽히 역전한 것도 아닌데, 이 시점에서 의무대장이 죽어 버리면…….

'신의 말판' 전장 안에서, 유일하게 생명력 회복을 가능하게 해 주는 유닛은 바로 의무대장이다.

때문에 이 의무대장의 역할은, 두 번 말하면 입이 아플 정도로 중요했다.

의무대장의 치료가 있어야만, 이어지는 여러 번의 전투를 연속해서 이겨 낼 수 있으니 말이다.

그런데 이 중요한 시점에서, 천군의 의무대장이 사망해 버렸다.

심지어 사망한 그 의무대장은 천군 진영에 남아 있던 마지막 의무대장이었다.

'큰일 났네 이거…….'

메시지를 확인한 이안은, 머리가 지끈지끈 아파 오는 것을 느꼈다.

공격에 너무 신경을 쓰다 보니, 측방이 열린 것을 미처 생각하지 못한 것이었다.

물론 엄밀히 따지자면 상황이 이렇게 된 데에는 이안의 지분이 거의 없다고 할 수 있었다.

이안의 포지션은 애초에 최전방이었으니 말이다.

만약 누군가의 실책을 논해야 한다면, 후방에 있던 수비대장 훈이나 대장군 페드릭.

그리고 보좌관들의 실책이라고 할 수 있었다.

하지만 이안은 지금의 상황이 누군가의 실수 때문이라기보다 림롱의 기지가 만들어 낸 한 수라고 판단하였다.

'완벽히 허를 찔렸어.'

이안은 아랫입술을 살짝 깨문 채 림롱이 있는 후방을 돌아보았다.

이어서 두 사람의 눈빛이, 허공에서 부딪쳤다.

그리고 이안의 눈에 들어온 림롱의 입가엔 미묘한 웃음이 걸려 있었다.

림롱의 표정은 마치 이안에게 '자, 이제 어떻게 할 거냐'라고 묻는 듯하였다.

입술을 깨문 이안의 입에 살짝 힘이 들어갔다.

'방금은 분명 한 방 먹었다만, 결국 마지막에 웃는 건 내가 될 거다.'

모든 의무대장이 아웃된 건 분명 치명적인 타격이었지만,

이길 방법을 어떻게든 찾아내야만 했다.

지금까지 쌓아 올린 공헌도가 아까워서라도 말이다.

만약 전장에서 승리하지 못한다면, 공헌도가 제법 많이 삭감될 게 분명했다.

그렇지 않아도 공헌도에서 뒤쳐진 마당에, 그런 결말은 있을 수 없는 일이었다.

마음을 다잡은 이안은, 전방을 향해 다시 고개를 돌렸다.

그리고 빠르게 머리를 굴리기 시작했다.

시간이 지날수록 전투는 무르익어 갔다.

그리고 방송을 시청하는 유저들 또한, 점점 더 전장에 몰입하기 시작했다.

초반처럼 매 턴마다 킬이 나오는 양상은 아니었지만, 전장에 남은 말들의 숫자가 적다 보니 게임의 속도감은 더욱 빨라진 것이다.

"와, 저기서 연속 킬을 따 버리네?"

"크으, 대장군 고유 특성은 정말 생각조차 못 했어."

"난 거기까지 예상하고 한발 뒤로 뺀 수비대장이 더 대단한 것 같은데? 훈이? 쟤도 한국 유저였나?"

"진짜 엎치락뒤치락 장난 아니다. 벌써 역전에 재역전까지 나왔잖아!"

"이거 재밌어서 다른 일을 못 하겠네 정말."

그리고 시간이 지날수록, 전장의 옥석이 점점 가려지기 시작했다.

결국 양 진영에서 가장 뛰어난 유저들만이 말판에 남게 되었으니 말이다.

그 과정에서 양 진영의 스코어는 계속 비등하게 뒤집혔고, 그 결과, 스코어는 다음과 같이 만들어졌다.

전투 현황
*천군
킬 포인트 : 540
생존 현황 : 대장군(1), 장군(2), 특수병(0), 장교(2), 병사(0)
비고 : 트리플 킬 2회
　　　더블 킬 1회
*마군
킬 포인트 : 560
생존 현황 : 대장군(1), 장군(2), 특수병(1), 장교(1), 병사(0)
비고 : 트리플 킬 1회
　　　더블 킬 3회

양 진영에 남은 유저들은 정확히 각각 다섯 명.

최후의 10인이 남게 된 것이다.

그런데 재밌는 것은, 그중 한국 유저가 무려 셋이나 된다는 점이었다. 때문에 이미 각종 커뮤니티에서는, 많은 한국 유저들이 국뽕(?)에 취해 있었다.

　─와, 생존자 열 명 중에 한국인이 셋이라니. 이거 실화임?

　─다른 나라는 둘 이상 살아 있는 곳이 없는 것 같은데…… 대박이네.
카일란 종주국 이름값 한 듯.

　─난 이안이랑 림롱까진 어느 정도 예상했지만, 훈이까지 이 정도로
잘할 줄은 생각도 못 했어.

　─지금 우리 이안갓의 충복 1호를 무시하는 거임?

　─ㅋㅋㅋ 충복 클래스 오졌다.

　─그나저나 아까까지만 해도 이라한도 있지 않았냐? 나 화장실 갔다 온
사이에 이라한 어디 감? 걔까지 있었으면 한국 유저 넷이었을 텐데…….

　─너, 화장실에 1시간은 앉아 있었나 본데?

　─응? 그게 무슨……?

　─이라한, 아─까 전에 이안한테 순삭당했음.

　─뭐지? 계속해서 방송 보고 있었는데, 대체 언제 어디서 당한 거냐,
이라한은?

　─뭐, 놓쳤을 만도 해. 진짜 3초 만에 순삭 당했거든. 이안한테 화살
몇 대 맞더니 그냥 증발해 버리던데?

　─ㅋㅋㅋ 미친 ㅋㅋ 또 이안한테 죽은 거야?

　─ㅇㅇ

　─이라한은 무슨 이안만 만나면 개복치인 양 죽어 버리네. 걔들 무슨
상성 있음?

─개복치 클래스.

하지만 축제 분위기인 시청자들과 달리, 전장 안의 분위기는 무척이나 살벌했다.

한 치의 양보도 할 수 없다는 듯, 매 턴에 주어진 모든 시간을 활용하며 움직이는 열 명의 랭커들.

그렇게 전투 없이 두세 턴이 더 지나가자, 열 명의 유저들이 전부 전장의 중앙에 모이게 되었다.

그리고 또다시, 이안의 턴이 돌아왔다.

'휴우, 그래도 어찌어찌 여기까지는 왔네.'

짧게 심호흡을 한 이안은 남아 있는 유저들의 면면을 찬찬히 살펴보았다.

각 진영에 남은 다섯 명의 유저들이 한데 똘똘 뭉쳐 서로를 마주하고 있는 전장의 중심부.

시청자들이 보기에는 대등하고 팽팽한 상황처럼 보일지도 모르겠지만, 사실 지금은 천군 진영이 무척이나 불리한 상황이었다.

남은 유저의 숫자는 똑같이 다섯일지라도, 남아 있는 생명력의 수치가 달랐으니 말이다.

모두가 80퍼센트 이상의 생명력을 유지하고 있는 마군 진영과 달리, 절반의 생명력조차 남아 있지 않은 천군의 랭커들.

그나마 이렇게 숫자라도 맞출 수 있었던 것은, 치열한 운영의 결과였다.

수비대장과 대장군, 그리고 보좌관들의 포지션을 치밀하게 움직여서, 최소한의 피해로 마군 진영을 야금야금 갉아먹은 것이다.

만약 이러한 짜임새 없이 계속해서 국지전의 양상이 이어졌더라면, 전투는 이미 끝나 있었을 것이다.

전투에서 살아남기만 하면 다시 회복할 수 있는 마군 진영과 달리, 천군진영의 피해는 누적되니까.

"후우……!"

한차례 크게 심호흡한 이안은 전방을 향해 시선을 고정시켰다.

바로 지금의 '구도'를 만들기 위해 몇 턴 동안 전투를 피해 온 것이니, 이제는 앞으로 나아가야 할 시간이었다.

"훈이, 시작해도 되겠어?"

이안의 물음에, 훈이가 비장한 표정으로 고개를 끄덕인다.

"물론."

"자, 그럼 한번 질러 볼까?"

돌아온 턴은 분명 이안의 것이었다.

그리고 당연한 이야기겠지만, 이안의 턴에는 이안만이 움직일 수 있다.

그렇다면 이안은 대체 왜 훈이에게 허락을 구한 것일까.

저벅저벅.

이안의 걸음이 움직이기 시작했고, 그와 동시에 모두의 시선이 그를 향해 고정되었다.

그리고 그의 행보는, 그 누구도 예측하지 못한 방향이었다.

"지금 대체 뭘 하는 거야?"

"갑자기 자살이라도 하려는 거야?"

"뒤쪽에 보좌관이랑 수비대장은 안 보이냐고!"

이안의 걸음이 하나 움직일 때마다, 전장을 지켜보던 유저들의 표정은 점점 더 하얗게 변했다.

그의 걸음이 닿은 목적지는 바로…….

띠링-!

-천군 진영의 돌격대장 '이안' 유저가 마군 진영의 대장군 '카이' 유저를 공격합니다.

-'이안' 유저와 '카이' 유저의 전투가 시작됩니다.

마군 진영의 대장군 '카이'의 앞이기 때문이었다.

언뜻 보기에 이안의 행동은 정말 '자살행위' 그 자체였다.

대장군 카이의 뒤쪽에는, 하나 남은 마군 진영의 보좌관 유저와 수비대장이 버티고 서 있었으니 말이다.

이대로 전투가 시작된다면 이안은 무려 3 : 1의 싸움을 해야 하는 것.

이안이 아무리 뛰어나다 해도, 이것은 승산이 없는 싸움이었다.

지금까지 남아 있는 마군 유저들도 최정예들이라 할 수 있었으니 말이다.

이건 정말, 말도 안 되는 무리수였다.

"이건, 자신감을 넘어선 만용인데……."

조용한 전장에, 누군가의 중얼거리는 목소리가 울려 퍼졌다.

그리고 그 목소리를 들은 유저들은 저도 모르게 고개를 끄덕였다.

'맞아. 이건 아무리 이안이라 해도 힘들어.'

'대체 왜 이런 무리수를 둔 건지 이해할 수 없군.'

하지만 그것도 잠시.

대장군 카이의 앞에 선 이안이 옆으로 한 걸음 더 움직이자, 그제야 이안의 의중을 이해한 몇몇 유저들의 눈이 휘둥그레졌다.

"어어……?"

"설마 이게 되나?"

"……!"

이안이 어떤 생각으로 움직인 것인지, 하나둘 눈치채기 시작한 것이다.

−천군 진영의 돌격대장 '이안' 유저가 마군 진영의 대장군 '카이' 유저를 공격합니다.

−'이안' 유저와 '카이' 유저의 전투가 시작됩니다.

카이와 이안의 위치는 정확히 정면이었다.

이안이 앞으로 몇 칸만 걸어가면 정면으로 마주하게 되는 위치였던 것이다.

그런데 이안은 정면에서 곧바로 전투를 걸지 않고 굳이 한 칸을 더 움직였다.

좌측으로 한 칸을 더 움직여, 대각선에서 카이를 공격한 것이다.

그리하여 이안의 위치는 카이와 마군 보좌관의 사이.

이것이 대체 뭘 의미하는 것일까?

−마군 진영의 수비대장, '류첸' 유저의 특수 능력 '전투 지원'이 발동합니다.

−'류첸' 유저의 전투 능력이 40퍼센트 만큼 감소합니다.

−'류첸' 유저가 전투에 합류합니다.

−마군 진영의 보좌관, '모쿠바' 유저의 특수 능력 '호위'가 발동합니다.

−'모쿠바' 유저가 전투에 합류합니다.

연달아 떠오르는 메시지를 보며, 유저들은 고개를 끄덕였다.

여기까지는 너무도 당연하고 누구나 예상했던 상황이었으니까.

하지만 1초 정도의 간격을 두고 추가로 나타난 메시지를 확인했을 때에는, 모두가 경악할 수밖에 없었다.

－천군 진영의 수비대장, '간지훈이' 유저의 특수 능력 '전투 지원'이 발동합니다.

－'간지훈이' 유저의 전투 능력이 40퍼센트 만큼 감소합니다.

－'간지훈이' 유저가 전투에 합류합니다.

메시지가 울려 퍼지자마자, 수많은 관중들이 자리에서 벌떡 일어났다.

상황이 이해되기 시작하자 온몸에 닭살이 돋아 오른 것이다.

"와, 미친! 돌았다!"

"이런 방법이 있었네? 아니, 이걸 대체 어떻게 생각해 낸 거지?"

"크으, 지려 버렸다!"

물론 훈이가 어떻게 합류할 수 있게 된 것인지, 아직까지 이해하지 못한 유저들도 제법 있었다.

"뭐야? 이게 어떻게 되는 건데! 누가 설명 좀 해 줘!"

"수비대장 이동 가능 거리 세 칸 아니었어?"

이안과 훈이 사이의 거리는 아직도 네 칸이나 떨어져 있었으니 말이다.

수비대장의 이동 가능 거리인 세 칸으로는 분명히 한 칸이 부족한 상황.

이게 대체 어떻게 된 일일까?

우선 수비대장의 특수 능력인 '전투 지원'의 스펙을 다시 한 번 설명하자면, 다음과 같았다.

수비대장

진영의 양측 중심에 위치하며, 유저들의 전투 지원을 담당한다.
적에게 공격받을 시, 능력치가 15퍼센트 상승하며, '수비모드'를 활성화
할 시 추가로 방어력이 15퍼센트 증가한다.
*전투 지원 : 수비대장은 자신의 이동 가능 범위 안에서 전투가 벌어질
시, 전투에 참전하여 아군을 지원할 수 있습니다. (참전 시, 전투 능력이
40퍼센트만큼 감소합니다.)

이렇듯 수비대장은 이동 거리 안에 있는 아군이 전투를 벌일 시, 특수 능력을 발동시켜 참전할 수 있다.

그런데 재밌는 것은 이 '이동 가능 범위'의 판정이 전투가 일어나는 모든 '타일'을 기준으로 한다는 것이었다.

지금 훈이는 분명히 이안과 네 칸의 거리를 사이에 두고 떨어져 있다.

하지만 전투에 참전하여 이안을 공격한 마군 진영 보좌관과의 거리는 정확히 '세 칸'이었다.

보좌관이 서 있는 타일이 이동 가능 범위 안에 들어옴으로 인해, 참전이 가능해진 것이다.

그렇다면 만약, 이안이 좌측으로 한 칸 움직이지 않고 정면에서 대장군에게 전투를 걸었더라면 어떻게 되었을까?

이안과 두 칸 떨어져 있던 보좌관은 이안을 공격하기 위해 한 칸 우측으로 움직여야 했을 것이고, 그렇게 되면 훈이는 참전할 수 없었을 것이다.

이안과의 거리는 다섯 칸, 보좌관과의 거리는 네 칸이 되었을 테니 말이다.

이것은 이안과 훈이가 서너 턴을 써 가며, 함께 설계한 결과물이었다.

"햐, 이렇게 되도 아직 불리한 싸움이기는 하지만, 그래도 이안이라면 한번 해볼 만하겠어."

"맞아. 3 : 1과 2 : 1은, 그 느낌부터가 확실히 다르지."

"여기서 만약 이안이 카이 목 따면 오늘부터 난 영원히 이안갓 팬이다."

"뭐래. 난 이미 팬임."

대부분이 이안의 설계를 깨달은 관중석은, 다시 시끌벅적해졌다.

특히 천군 진영의 관중석은 무척이나 들뜬 분위기였다.

사실 그것은 당연했다.

이안의 역전극을 보고 싶은 마음이 무척 간절할 수밖에 없었으니 말이다.

참전하지는 않았지만 천군 진영이 승리한다면, 전투 승리로 인한 공헌도 보너스와 영웅 점수가 제법 들어올 테니까.

"이거, 재밌게 돌아가는군."

모든 시스템 메시지를 확인한 카이가, 이안을 응시하며 씨익 웃었다.

그러자 이안 또한, 마주 웃어 보이며 대답했다.

"아직 여유로운데?"

"당연하지. 그러는 네놈이야말로, 뭘 믿고 그리 자신만만한 거지?"

"후후."

"1 : 3이 아니고 2 : 3이면……. 설마 승산이 있다고 생각하는 건 아니겠지?"

분명히 카이는, 이안이 이번에 보여 준 한 수에 또 한 번 감탄하였다.

현재 천군 진영의 상황에서 보여 줄 수 있는, 그야말로 '최선의 한 수'였으니 말이다.

하지만 말 그대로 최선의 한 수였을 뿐.

이것이 천군 진영에게 승리를 가져다 줄 '최고의 수'는 아니라고 생각했다.

카이가 보기엔 그저, 패배 직전의 마지막 발악 정도로 보였으니까.

겉으로 보이는 말의 숫자가 같다고는 하지만, 마군 진영의 말들이 옹골찬 알짜배기라면 천군 진영의 말들은 속 빈 강정이었으니 말이다.

이어서 이안과 카이의 짧은 대화를 끝으로, 전장에 있던 다섯 유저의 신형이 대전장으로 워프되었다.

위이잉-!

그리고 그와 동시에, 모든 유저들의 시선이 대전장으로 집중되었다.

신의 말판 전장뿐만 아니라 용사의 협곡 모든 요일 전장에는, 관중들이 확인할 수 있는 커다란 상황판이 존재한다.

애초에 기획 초기 단계부터 방송을 염두에 두고 만들어진 콘텐츠였기 때문이었다.

양 진영의 킬 포인트와 스코어는 물론, 전투의 세부적인 정보들까지 한눈에 볼 수 있는 전장의 상황판.

그리고 '신의 말판' 전장의 상황판에는 지금까지와는 비교도 안 되게 많은 정보들이 떠올라 있었다.

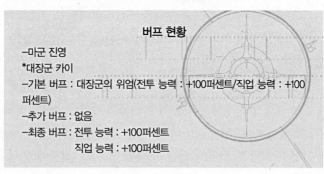

버프 현황

-마군 진영
*대장군 카이
-기본 버프 : 대장군의 위엄(전투 능력 : +100퍼센트/직업 능력 : +100퍼센트)
-추가 버프 : 없음
-최종 버프 : 전투 능력 : +100퍼센트
　　　　　　 직업 능력 : +100퍼센트

*수비대장 류첸
 -기본 버프 : 장군의 용맹(전투 능력 : +70퍼센트/직업 능력 : +50퍼
센트)
-추가 버프 : 전투 지원 페널티 (전투 능력 : -40퍼센트)
-최종 버프 : 전투 능력 : +30퍼센트
         직업 능력 : +50퍼센트
*보좌관 모쿠바
 -기본 버프 : 정예 장교 (전투 능력 : +35퍼센트/직업 능력 : +25퍼
센트)
-추가 버프 : 없음
-최종 버프 : 전투 능력 : +35퍼센트
         직업 능력 : +25퍼센트

-천군 진영
*돌격대장 이안
-기본 버프 : 장군의 용맹 (전투 능력 : +70퍼센트/직업 능력 : +50퍼
센트)
- 추가 버프 : 공격자 버프(전투 능력 : +15퍼센트)
- 최종 버프 : 전투 능력 : +85퍼센트
         직업 능력 : +50퍼센트
*수비대장 간지훈이
 -기본 버프 : 장군의 용맹 (전투 능력 : +70퍼센트/직업 능력 : +50퍼
센트)
-추가 버프 : 전투 지원 페널티(전투 능력 : -40퍼센트)
-최종 버프 : 전투 능력 : +30퍼센트
         직업 능력 : +50퍼센트

　신의 말판 전장에서는, 이 상황과 직책에 따른 이런 세부
적인 버프가 무척이나 중요했다.

이 버프들이 여러 가지 변수를 만들어 내니 말이다.

그리고 이 상황판에 떠올라 있는 복잡한 정보들은, 이미 이안의 머릿속에 차곡차곡 정리되어 있었다.

'전투 지원 페널티 때문에 수비대장들이 디버프를 많이 받기는 했을 테지만, 그레도 최약체는 보좌관이겠지.'

디버프로 인해 전투 능력은 미세하게 보좌관이 높을 테지만, 그래도 두 배나 차이 나는 직업 능력 버프를 무시할 수는 없는 것.

더해서 흑마법사인 수비대장 '류첸'보다는 기사 클래스인 모쿠바가 껄끄러웠으니 이안은 모쿠바를 먼저 공략할 생각이었다.

바로 옆에 소환된 훈이를 향해 이안이 나직한 목소리로 오더했다.

"훈아, 디버프 위주로 마법 운용해 줘. 딜은 내가 넣을 테니까."

이안의 오더에 훈이는 어딘가 모르게 불만스러운 표정이 되었다.

"우쒸, 또 멋있는 건 형이 다 하려고?"

하지만 이안에게 그런 투정이 먹힐 리 없었다.

"시끄러, 인마. 너 지금 디버프가 40퍼센튼데, 딜이 제대로 박히겠냐?"

"그래도 난 세다고!"

"잔말 말고 시키는 대로 해. 그게 제일 고효율이니까."

"알았어……."

훈이는 이안에게 살짝 떼를 써 봤지만, 애초에 그의 오더를 따를 생각이었다.

이안의 활약과 전략 덕에 여기까지 왔으니, 그게 당연한 것이었고 말이다.

하지만 한번 심통을 부려본 이유는, 뭔가 자괴감(?) 같은 것이 들었기 때문이었다.

이번에야말로 이안을 넘어 전장의 주인공이 되리라 꿈꿨었는데, 결과적으로는 태양 앞의 반딧불 같은 존재가 되어버렸으니.

훈이 입장에서는 우울할 수밖에 없었다.

'역시 이 형은, 그냥 규격 외의 존재로 생각해야 되는 건가?'

한숨을 푹 쉬며 고개를 절레절레 젓는 훈이.

그런데 그때, 이안이 훈이를 향해 다시 말을 잇기 시작했다.

그리고 그것은, 훈이에게 달콤한 유혹과도 같은 말들이었다.

"이번 전투에선 네 역할이 제일 중요해, 훈아."

"그, 그래……?"

"저기 저 녀석 보이지?"

"응, 상대 수비대장이었던가?"

"맞아. 그리고 저 녀석이, 중국 서버 최고의 흑마법사라더라."

"······!"

순간 반짝이는 훈이의 눈.

그리고 이어지는 이안의 한마디!

"이길 수 있지 훈이?"

"다, 당연히······!"

"쟤가 중국 서버 최고의 흑마법사라면, 넌 우주 최강 흑마법사잖아."

이안의 이야기를 들은 훈이는 언제 축 쳐져 있었냐는 듯 의욕을 불태우기 시작했다.

지금 훈이의 머릿속에는 '우주 최강 흑마법사'라는 단어만이 가득 차 있었다.

"좋았어!"

그리고 그 순간······.

-5초 후, 전투가 시작됩니다.

-4초 후, 전투가······.

전투의 시작을 알리는 시스템 메시지가 울려 퍼졌다.

-전투가 시작됩니다.

-한쪽 진영이 전멸하거나 '대장군' 유저가 사망할 시, 전투가 종료됩니다.

여느 때와 다름없는 익숙한 목소리였지만, 기분 탓인지 더욱 묵직하게 들려오는 시스템 메시지.

사실상 전장의 승패가 결정 나게 될, '최후의 전투'가 시작되었다.

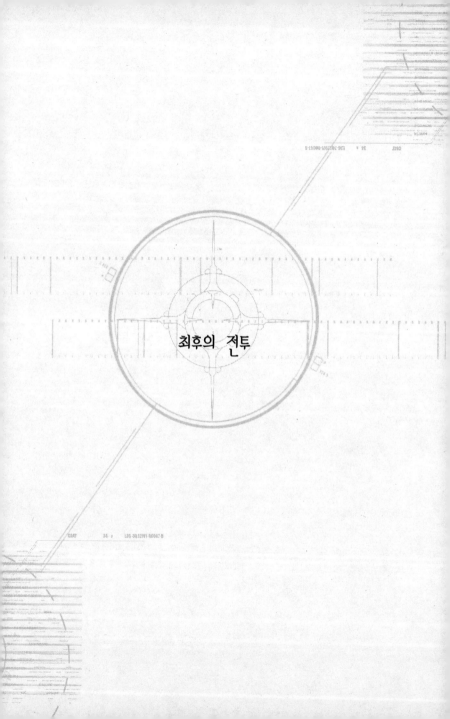

최후의 전투

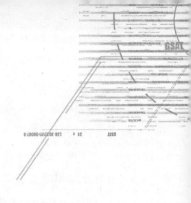

신의 말판 전장에 입장한 총 마흔여덟 명의 랭커들.

이들은 분명, 카일란 전 세계 서버에서 모인 최상위권의 유저들이다.

하지만 그렇다고 해서 이들 마흔여덟 명이 정확히 1등부터 48등을 의미하는 것은 아니었다.

용사의 길을 통과하는 것부터 시작해서 협곡에 입장하기 위한 조건들.

그리고 특별한 히든피스들까지.

여러 가지 변수가 있기 때문에, 꼭 가장 뛰어난 순서대로 용사의 협곡 공헌도 순위가 정해진 것은 아니었으니 말이다.

이안처럼 생각지 못했던 이유로 밀려난 랭커들도 있었으

며, 왕차이처럼 운 좋게 48인 안에 들어갈 수 있었던 유저도 있었던 것.

그리고 그 말인 즉, '대장군'직책을 가졌다고 해서 꼭 가장 뛰어난 유저라고 할 수는 없다는 말이었다.

그것은 현재 마군 진영의 대장군인 '카이'와, 천군 진영의 대장군인 '페드릭'의 차이만 봐도 알 수 있었다.

페드릭 또한 카이와 마찬가지로 전사 클래스였기 때문에 비교가 수월했고, 하여 이안은 나름대로의 정의를 내릴 수 있었다.

이안이 보기에 카이는 지금까지 봐 온 어떤 랭커들과 비교해도 모자람 없는 실력의 소유자였지만, 페드릭은 좀 애매했다.

'페드릭의 실력은, 샤크란 아재는 물론이고 유신과 비교해도 딱히 나아 보이지 않아.'

어쨌든 그러한 이유로, 이안은 페드릭을 전략에서 배제해 버렸다.

어쭙잖게 페드릭을 공격에 활용하다가 실수라도 하게 되면, 그대로 게임에서 패배하게 될 테니 말이다.

하지만 반대로 카이의 실력은, 이안을 긴장하게 만들 정도였다.

'카이…… 어쩌면 샤크란 아재보다 더 뛰어날지도……'

때문에 이안은, 쉽지 않은 전투가 될 것임을 예상하고 있었다.

단 한 번의 실수가 패배를 가져다줄 수도 있는, 살얼음판 같은 전투가 될 것이라고 말이다.

우웅-!

전투가 시작되자마자, 여기저기서 공명음이 울려 퍼졌고, 그와 동시에 전장 여기저기서 소환수들이 소환되기 시작했다.

캬아아오-!

크륵- 크르륵.

"마계의 환영들이여, 일어나라!"

스하아아!

그리고 소환수들이 전부 소환되자, 전장은 더욱 북적였다.

이안의 소환수들도 적은 숫자는 아니었지만, 훈이와 류첸의 소환수들이 더욱 많은 숫자를 차지했기 때문이었다.

특히 류첸이 소환한 마계의 그림자들은, 붉은 물결을 연상케 할 정도로 많은 숫자였다.

'류첸⋯⋯. 분명 저 녀석은 카이를 보조하며 움직일 거야.'

지금 이 전장에서 천군이 유리한 것은 단 하나였다.

전투에 참여한 인원 중에, '대장군'이 포함되어 있지 않다는 것.

무척이나 아이러니해 보이기도 하는 말이었으나, 이것은 사실이었다.

대장군은 강력한 무기가 될 수 있음과 동시에, 치명적인 약점이기도 했으니 말이다.

하여 류첸과 모쿠바는 분명 카이를 중심으로 움직일 것이었다.

두 사람에게 최우선은 대장군 카이의 안위였으니까.

'그렇다면…… 페이크를 실짝 걸어 볼까?'

"훗차……!"

전방으로 튀어나간 이안이, 빡빡이의 거대한 등껍질을 밟으며 힘껏 도약했다.

타탓-!

그러자 어느새 날아온 핀이, 허공으로 뛰어오른 이안을 등에 싣고 하늘 높이 솟아올랐다.

그리고 그와 동시에, 이안의 화염장궁이 연신 불을 뿜기 시작했다.

핑- 피피핑-!

그야말로 순식간에 만들어진, 마치 묘기와도 같은 장면.

화르륵!

이글거리는 소리와 함께, 시뻘겋게 타오르는 불화살들이 카이를 향해 쏘아지기 시작했다.

꼬리에 꼬리를 물며, 마치 한 줄로 이어진 것처럼 날아드는 이안의 화살들.

그것은 그야말로 극한의 속사능력이라 할 만 한 진풍경이었다.

쐐애애액-!

하지만 그것을 발견한 류첸의 반응 속도도, 놀라울 정도로 재빨랐다.

어느새 류첸의 완드에서는 마법이 캐스팅되고 있었으니 말이다.

"치우의 방호!"

류첸의 입에서 짧은 시동어가 터져 나왔다.

그러자 카이의 바로 앞에, 반투명한 칠각형의 붉은 막이 빠르게 형성되었다.

화려한 문양이 음각되어 있는, 한눈에 보아도 뛰어난 실드 계열의 마법.

이어서 그 위로, 다섯 발의 화살이 연달아 틀어박혔다.

쩌정- 쩌저정-.

류첸의 결계는, 그야말로 완벽한 타이밍이었다.

다섯 발의 화살 중, 결계를 통과한 화살이 단 한 발도 없었으니 말이다.

그러나 공격을 잘 막아 냈음에도 불구하고, 류첸의 등줄기를 타고 식은땀이 한 줄기 흘러내렸다.

'뭐, 이런 대미지가……!'

고작 다섯 발의 화살에, 결계에 금이 가 버린 것이다.

하지만 류첸의 놀람은 거기서 끝이 아니었다.

"……!"

이안을 태운 한 마리 그리핀이 그대로 방호를 향해 쇄도하기 시작한 것이다.

'뭐지? 몸통박치기라도 해서 깨려는 건가?'

이안의 의중을 파악하기 위해, 빠르게 머리를 굴려 보는 류첸.

그런데 그 순간. 류첸의 눈에 이채가 어렸다.

이안의 손에 들려 있던 장궁이 어느새 기다란 장창으로 바뀌어 있었기 때문이었다.

그 잠깐 사이에, 무기를 스왑한 것.

'어디서 잔머리를⋯⋯!'

류첸의 머리가 빠르게 회전하기 시작했다.

핀의 가속력과 창의 강력한 공격력이라면, 분명 금이 간 결계는 뚫을 수 있을 것이다.

그리고 결계가 뚫리고 나면, 그 다음은 당연히 카이의 차례다.

물론 카이가 쉽게 당해 줄 리는 없었지만, 그렇다고 이안의 뜻대로 되게 가만 둘 수는 없었다.

생각을 정리한 류첸은, 카이에게 눈짓으로 신호하며 손을 들어 마법을 캐스팅하기 시작했다.

류첸과 카이는 이미 '차원의 거울' 전장 때부터 손발을 맞춰봤고.

때문에 잠깐의 눈빛 교환만으로 서로의 의중을 이해할 수 있었다.

"마령의 결계!"

위이잉-!

류첸의 목소리가 쩌렁쩌렁 울림과 동시에, 카이의 바로 앞에 또 다른 붉은 결계가 소환되었다.

기존에 소환되었던 칠각형의 결계에 겹쳐서, 또 하나의 결계가 만들어진 것.

의도했던 정확한 좌표에 결계가 만들어지자, 류첸의 한쪽 입꼬리가 슬쩍 말려 올라갔다.

얼핏 보면 두 개의 결계인지조차 인지하기 힘든, 그야말로 절묘한 위치.

'이건 못 피할걸.'

그리고 그 순간, 지금껏 돌부처처럼 가만히 서 있던 카이 또한 움직이기 시작했다.

스르릉-!

등에 사선으로 매여 있던 거대한 대검을 뽑아 든 뒤, 몸을 빙그르르 돌리며 하늘 높이 검극을 치켜 든 것이다.

이어서 카이의 검 끝으로, 찬란한 광휘가 줄기줄기 빨려 들어갔다.

고오오오-!

장엄한 공명음과 함께, 황금빛과 붉은빛이 어우러지며 허공을 화려하게 수놓는다.

그리고 그것을 발견한 관중들 중 하나가, 살짝 상기된 목소리로 입을 열었다.

"적뢰강림……!"

카이가 가진 최강의 고유 능력 중 하나인 '적뢰강림'.

이것은 사실, 카이를 아는 미국 서버의 유저들에게는 너무도 유명한 기술이었다.

미국 서버의 랭커들이 연달아 샬리언에게 패퇴할 때, 이 적뢰강림이 샬리언을 한 줌 재로 만들어 버렸으니 말이다.

하지만 PVP에서 이 기술이 등장하는 경우는 정말 드물었다.

어마어마한 공격 계수를 자랑하지만, 2초나 되는 제법 긴 차징 시간이 필요했으니까.

게다가 이 기술을 발동시키고 난 뒤에는 시전자가 0.5초 동안 그로기 상태에 빠진다.

만약 기술을 맞추지 못한다면, 반격당할 리스크까지 있는 것이다.

때문에 카이가 이 기술을 꺼내 들었다는 건, 이안에게 적뢰를 적중시킬 자신이 있다는 말과 다름이 없었다.

그리고 바로 다음 순간.

"뒈져라……!"

콰콰쾅-!

엄청난 굉음과 함께, 하늘이 온통 붉은 빛으로 물들었다.

류첸이 두 번째로 소환한 결계인 '마령의 결계'는 사실 실드류 마법이 아니었다.

　뭔가를 막아 내거나 하는 데 사용되는 마법이 아니라는 소리였다.

　다만 이 결계의 역할은, 공간을 뒤틀어 버리는 것.

　시전자가 결계를 소환한 직후 좌표를 하나 더 찍으면 결계를 통과하는 대상은 해당 위치로 워프되게 된다.

　때문에 이 결계는, 보통 류첸의 도주기로 많이 활용되었다.

　물론 이번만큼은, 아주 훌륭한 반격기로 활용될 예정이었지만 말이다.

　'갑작스레 시간 차가 생기면, 아무리 대단한 반사 신경이라도 반응할 수 없겠지.'

　류첸과 카이, 이 결계를 사용해 시간 차 공격을 할 생각이었다.

　이안은 분명 결계를 뚫기 위해 돌진해 들어올 것이고, 그 순간 이안의 위치는 카이의 바로 앞까지 워프될 것이다.

　류첸이 카이의 바로 앞에, 좌표를 찍어 놨으니 말이다.

　이어서 그 타이밍에 맞춰, 카이의 적뢰가 떨어져 내리면.

　이안은 미처 반응할 새도 없이 잿더미가 되고 말리라.

　아무리 이안의 반응 속도가 빠르다고 해도, 워프와 동시에 내리꽂히는 낙뢰를 피할 방법은 없으니까.

하지만 다음 순간.

콰콰쾅-! 콰쾅-!

낙뢰가 떨어져 내린 자리에 이안의 그림자는 전혀 보이지 않았다.

"……!"

대신 마령의 결계 앞에, 심드렁한 표정의 대두 거북이 한 마리가 앉아 있을 뿐이었다.

"여기가 어디냐뿍"

예상치 못했던 상황에 당황한 류첸은 재빨리 고개를 돌려 이안을 찾았다.

그리고 그가 이안의 그림자를 발견한 곳은…….

"크허억!"

어느새 만신창이가 된, 보좌관 '모쿠바'의 뒤편이었다.

"역시 이안입니다! 시작부터 허를 찌르는 공격을 보여 주는군요!"

"와아, 감탄사가 절로 나오네요. 거의 풀피였던 모쿠바가 그 한 방에 빈사 상태가 되어 버렸어요. 심지어 모쿠바는 기사 클래스 아닌가요, 하인스 님?"

"맞습니다. 모쿠바는 기사 클래스죠. 모르긴 몰라도, 아마 상당한 방어력을 가지고 있을 겁니다."

"그런데 대체 어떻게 저런 딜이 나올 수 있었던 걸까요?"

"핀을 타고 날던 가속력이 사라지지 않고, 그대로 관성이 되어 창극에 힘을 실어 줬기 때문이겠죠."

"아하, 그렇군요. 킬을 못 딴 게 아쉽긴 하지만, 정말 위력적인 공격이었어요."

"맞습니다. 만약 모쿠바가 조금만 더 늦게 반응했다면, 정신 차리기도 전에 사망하고 말았겠지요."

전장을 중계하는 하인스와 루시아는 극도로 흥분한 상태였다.

이안이 방금 보여 준 컨트롤이 대단하기도 하였지만, 그보다 이 상황 자체가 흥분될 수밖에 없는 판이었기 때문이었다.

세계 최고의 랭커들만이 모인, '신의 말판'이라는 이름의 특별한 전장.

그리고 이 전장, 최후의 전투를 주도하고 있는 두 명의 한국인 랭커들.

한국 서버의 카일란 팬이라면, 설레지 않을 수 없는 상황이라 할 수 있었다.

"그나저나 마군 진영의 유저들도 확실히 대단하군요."

"그렇습니다. 이안의 기습에 반응한 모쿠바도 대단하지만, 당황하지 않고 곧바로 서포팅에 들어가는 루첸과 카이도 엄청나군요."

"정말인지, 저 같은 일반 유저들에게는 엄두도 나지 않는 플레이들입니다. 정말 별들의 전쟁이라 할 만하네요."

"별들의 전쟁이라……. 정말 알맞은 표현입니다."

"저는 저 별들 속에서 살아남은 최후의 한 사람이 우리 이안갓, 그리고 훈이였으면 좋겠습니다."

"그렇게 되어야지요. 아니, 그렇게 되고 말 것입니다."

루시아와 하인스는 상기된 목소리로 주거니 받거니 목청을 높였다.

지금껏 수많은 카일란 방송을 중계해 왔지만, 두 사람이 이토록 흥분한 적은 단연코 처음일 것이었다.

"아, 카이가 무척이나 집요합니다! 어떻게든 훈이를 아웃시키려는 의지가 대단해요."

"조금 더 버텨 줘야 돼요! 훈이가 조금만 더 버텨 주면, 이안갓이 분명 모쿠바를 처치하고 나올 겁니다!"

전장의 국면은 정신이 없을 정도로 빠르게 전환되었다.

해설자들이 조금만 방심해도, 곧바로 그 흐름을 놓쳐 버릴 정도였으니 말이다.

그야말로 한 치의 양보도 없는, 치열한 접전의 연속!

그런데 그 순간. 전장을 둘러싸고 있는 관중석에서, 동시에 커다란 탄성이 터져 나왔다.

"오오, 오오오!"

"미친, 저게 뭐야?"

이안의 주변으로, 동시에 세 개의 검이 솟아올랐기 때문이었다.

붉은 물결이 일렁이며, 그 사이사이로 사나운 그림자들이 뛰쳐나왔다.

키아오- 키아아악-!

사방에서 정신없이 울부짖는 수많은 붉은 마수들.

그 한가운데 포위된 이안은, 정신없이 검을 휘두르고 있었다.

'젠장, 뭐 이리 물량이 많은 거야?'

까강- 깡-!

달려드는 마수들의 공격을 튕겨 낸 이안은, 숨으로 고르며 빠르게 주변을 훑어보았다.

그가 찾는 것은 바로, 보좌관 모쿠바.

생명력이 얼마 남지 않은 모쿠바를 얼른 처치하는 것이, 지금 이안에게 가장 시급한 과제였다.

거의 빈사상태인 모쿠바는 감히 이안과 훈이에게 덤빌 수 없는 상황이었지만, 그의 패시브 스킬들이 팀 플레이에서 무척이나 위협적이었기 때문이었다.

기사 클래스인 그가 뿜어내는 아우라는, 이 수많은 환영마수들의 전투 능력을 20퍼센트 가까이 상승시키니 말이다.

'찾았다!'

모쿠바의 그림자를 발견한 이안이 재빨리 몸을 비틀며 도약하였다.

모쿠바를 향해 쇄도하는 이안의 검격.

모쿠바의 생명력은 그야말로 실금만큼 남아 있었고, 그것은 정말 한두 방만 제대로 된 공격을 집어넣으면 처치할 수 있는 수준이었다.

하지만 이안의 시도는, 류첸의 결계에 의해 또 한 번 막혀 버렸다.

지이잉-!

-알 수 없는 힘에 가로막혔습니다.

결계의 반탄력에 의해 튕겨 나간 이안은, 재빨리 균형을 잡으며 아랫입술을 깨물었다.

'빨리 놈을 마무리 짓고 훈이를 도와야 하는데…….'

훈이는 지금 대장군 카이를 상대로 힘겨운 싸움을 벌이고 있었다.

아니, 싸움이라기보다는 언데드 소환수들을 활용한 '버티기'에 더 가까웠다.

애초에 실력도 뛰어난 데다 버프까지 월등한 카이를, 훈이가 대등하게 상대할 수는 없으니 말이다.

'앞으로 5분. 5분도 길어. 그 안에 어떻게든 모쿠바를 처치해야 해.'

훈이가 카이에게 당하기 전에 먼저 모쿠바를 처치해야만, 이 전투에 승산이 생기는 것.

하지만 모쿠바와 류첸의 컨트롤은, 그리 만만한 수준의 것이 아니었다.

특히 둘 중에서도 류첸의 스킬들은, 엄청나게 까다로웠다.

진법과 마수들을 활용해 계속해서 움직임을 차단해 버리니 아무리 이안이라도 쉽게 모쿠바에게 접근할 수 없는 것이다.

'방법은 공간 왜곡뿐인데……'

공간 왜곡을 활용해서 모쿠바에게 순간적으로 접근하는 것이 가장 깔끔하고 손쉬운 방법.

하지만 공간 왜곡을 활용하기 위해서는 전제되는 조건 두 가지가 있었다.

첫째로는 모쿠바의 지근거리까지 소환수를 접근시킬 것.

둘째로는 공간왜곡을 발동시킬, 0.5~1초의 캐스팅 시간을 확보할 것이었다.

'믿을 수 있는 건, 할리뿐인가?'

계획을 잡은 이안은, 날카로운 눈으로 '각'을 보기 시작했다.

하지만 이미 이안의 공간왜곡을 파악한 류첸과 모쿠바는, 쉽게 그 틈을 내어 주지 않았다.

반대로 이안의 소환수를 하나씩 끊어 내기 위해 집중 공격을 해 대니, 그 공격을 막는 것조차 힘이 들 지경이었다.

모쿠바에게 접근한답시고 할리를 섣불리 보냈다가는, 오히려 할리가 점사를 버텨 내지 못하고 역소환되어 버릴 수 있는 상황인 것이다.

'엘카릭스와 닉의 고유 능력을 동시에 발동시키면서 단숨에 기회를 만들어야 해.'

침착한 표정이 된 이안은, 단 한 번의 기회를 만들어 내기 위해 온 정신을 집중하였다.

이제는 더 이상, 머뭇거릴 시간이 없었다.

"닉, 홍염의 날갯짓!"

끼요오오-!

이안이 오더를 내리자, 후방에 있던 닉이 빠르게 앞으로 날아올랐다.

그러자 자연스럽게, 마수들의 공격이 닉을 향해 집중되었다.

캬아아악-!

마수들이 쏘아 낸 마력의 구체들이 하늘을 수놓았고.

화르륵-!

닉의 날개에서 뿜어져 나온 불길들이 그 위를 뒤덮었다.

하지만 불길로 뒤덮는다 하여 마력의 구체들이 사라지는 것은 아니었으니, 닉의 생명력이 급속도로 줄어들기 시작했다.

-소환수 '닉'이 치명적인 피해를 입었습니다!

-소환수 '닉'이 치명적인 피해를 입었습니다!

그리고 그런 닉의 생명력 게이지를 실시간으로 확인하면서, 이안과 할리는 야금야금 모쿠바를 향해 전진하기 시작했다.

'조금만 더……!'

닉의 날개에서 뿜어져 나온 홍염의 날갯짓은, 훌륭한 계수를 가진 광역 공격 마법이다.

하지만 이번만큼은 적에게 피해를 입히기 위해 마법을 뿜어낸 것이 아니었다.

단지 류첸과 모쿠바의 시야를 일시적으로 가리기 위한 트릭이었을 뿐!

이안은 닉이 뿜어내는 불길을 더욱 넓게 퍼뜨리기 위해, 핀의 광역기까지 동시에 발동시켰다.

콰아아아-!

그리고 핀의 '분쇄'가 닉의 불길에 더해지니, 전장의 하늘은 불길과 아지랑이로 완벽히 뒤덮이고 말았다.

'뭐지? 설마 광역기로 마수들을 다 쓸어 버리려는 시도인가?'

이안의 의도를 오해한 류첸은 속으로 실소를 흘렸다.

'후후, 어리석은 놈.'

광역기로 마수들을 한 번에 쓸어 담으려는 것은, 그야말로 가장 나쁜 '악수惡手'였기 때문이었다.

류첸의 수많은 마수들은 대부분이 환영일 뿐이었으니 말

이다.

　실재하는 '진짜' 마수 몇몇만 광역기를 피해 보전시킨다면, 다시 증식시키는 것은 일도 아니었다.

　하지만 정확히 3초 뒤.

　류첸의 입가에 떠올라 있던 미소는 순식간에 지워질 수밖에 없었다.

　"미친, 막아! 피닉스부터 먼저 조져!"

　화염의 불길이 지나간 사이, 이안을 비롯한 소환수들이 빠르게 튀어나왔기 때문이었다.

　모쿠바와의 거리를 제법 좁힌 것.

　심지어 최전방에 있는 피닉스의 경우, 정말 코앞까지 다가와 있었다.

　끼요오오-!

　핀의 접근을 막기 위해, 마력의 구체를 쏘아 대는 류첸!

　하지만 류첸과 모쿠바가 반응하기도 전에, 닉의 다음 고유 능력이 먼저 발동되었다.

　전장이 온통 황금빛으로 물들며, 허공을 수놓던 투사체들이 흡수되기 시작한 것이다.

　-소환수 '닉'의 고유 능력, '태양신의 비호'가 발동됩니다.

　-소환수 '닉'이 '무적' 상태가 되었습니다.

　-'닉'의 생명력이 빠르게 회복됩니다.

　-'태양신의 비호' 범위 내의 모든 공격 스킬이 무효화됩니다.

우웅, 우우웅-!

닉의 스킬을 처음 보는 류첸은, 순간적으로 당황하여 캐스팅이 꼬여 버렸다.

황금빛의 이펙트를 광역 공격으로 착각했기 때문이었다.

그리고 그 틈을 놓칠세라 할리의 온몸에 바람이 휘감기기 시작했다.

-소환수 '할리'가 '바람의 수호자' 스킬을 사용합니다.

-소환수 '할리'의 민첩성이 나머지 전투 능력치를 합한 수치만큼 추가로 증가합니다.

크허어엉-!

극한의 민첩성을 뽑아낸 할리의 그림자가, 미친 속도로 전장을 달리기 시작했다.

그리고 그것을 발견한 류첸은 다시 침착하게 소환 마법을 캐스팅하였다.

"환영복제술!"

그러자 전장을 메우고 있던 마수의 환영들이 일시에 사라지더니, 좀 더 후방으로 재배치되었다.

이전에는 환영들이 이안과 이안의 소환수들을 둘러싸고 있었다면, 이젠 모쿠바와 류첸의 주변을 방어하기 시작한 것이다.

그리고 원거리 공격이 가능한 마수들은, 일제히 할리를 향해 공격을 퍼부어 대었다.

모쿠바의 버프를 받은 마수들의 공격력은 하나하나가 무시할 수 없을 만큼 강력했다.

콰쾅- 콰콰쾅-!

순식간에 절반까지 떨어져 내린 할리의 생명력 게이지.

크허엉-!

하지만 할리는 아랑곳하지 않으며 마수들을 뚫고 전진하였다.

극한의 민첩성을 활용해 피할 수 있는 모든 공격들을 피해 내면서 말이다.

그리고 다음 순간, 이안이 준비해 두었던 마지막 한 수가 발동되었다.

"엘, 배리어!"

"알겠어요, 아빠!"

이안이 준비한 마지막 카드인, 엘카릭스의 '드라고닉 배리어'가 펼쳐진 것이다.

위이잉-!

신의 말판 전장에선 의무대장을 제외하고는 회복 계열의 마법 사용이 불가능하다.

하지만 '실드' 계열의 마법은 제한 없이 사용할 수 있었고, 때문에 엘카릭스의 배리어는 이안이 쓸 수 있는 최고의 서포팅 마법이었다.

파파팡-!

마수들의 공격을 흡수하며, 할리를 완벽하게 보호하는 엘의 드라고닉 배리어.

달려드는 마수들을 떨쳐 내며 그 뒷모습을 지켜보던 이안은, 자신도 모르게 양손에 힘이 들어갔다.

'할리, 조금만 더……!'

이안의 바람이 닿았음인지, 할리는 더욱 맹렬히 모쿠바를 향해 달려들었다.

이제 정말 모쿠바의 지근거리까지 접근에 성공한 할리.

그리고 그것을 확인한 모쿠바는, 더 이상 피하는 것을 그만두고 할리를 막기 위해 방패를 치켜들었다.

모쿠바는 기사 클래스였고, 기사 클래스의 굼뱅이 같은 기동력으로는 할리를 더 이상 피할 수 없었으니 말이다.

그리고 그것을 본 류첸의 미간이 와락 일그러졌다.

'젠장, 이렇게 되면 방법은…….'

또다시 맹렬히 머리를 회전시키는 류첸.

'어떻게든 캐스팅을 막는 수밖에 없겠어.'

할리가 모쿠바에게 뛰어드는 순간, 이안은 공간 왜곡을 시전할 것이다.

그것을 막아 낼 마지막 방법은 이안이 공간 왜곡을 캐스팅할 틈을 주지 않는 것이었다.

류첸은 도박을 감행하기로 하였다.

"마령의 힘이여……!"

고오오오-!

류첸의 양손에서 붉은 기운이 뿜어져 나왔다.

그러자 전장의 모든 환영 마수들이 그 안으로 빨려들었다.

그리고 다음 순간.

우웅- 우우웅 !

전장에 있던 모든 마수들이, 이안을 에워싸며 솟아올랐다.

"⋯⋯!"

류첸의 의도를 파악한 이안은 이를 악물며 검을 휘둘렀다.

'젠장, 이런 식으로 나올 줄은⋯⋯.'

공간왜곡은 캐스팅 시간이 거의 없는 기술이다.

하지만 이렇게 수많은 마수들에게 둘러싸인 상황에서까지, 무시하고 발동시킬 수는 없는 노릇이었다.

스킬이 발동되는 그 찰나지간에 공격받는다면, 캐스팅이 취소되어 버리니 말이다.

'어떻게든 틈을 만들어야 하는데⋯⋯!'

모든 마령들이 이안과 다른 소환수들에게 몰려 있는 지금, 먼저 앞으로 나아간 할리와 닉은 이미 모쿠바의 바로 앞까지 도달하였다.

하지만 모쿠바는 자신이 랭커임을 증명이라도 하듯, 바닥까지 떨어진 생명력으로 두 소환수를 무리 없이 상대하고 있었다.

오히려 할리를 상대로 우위를 점하는 모습까지 보여 주는 모쿠바.

그 말인 즉, 어떻게든 한 번의 틈을 만들어 공간 왜곡을 발동시켜야만 끈질긴 모쿠바의 숨통을 끊을 수 있다는 이야기이다.

'젠장, 내가 해내고 만다!'

이안은 으드득 소리가 날 만큼 강하게 이를 악물며, 마수들의 공격을 막기 위해 검을 휘둘렀다.

모든 공격을 막아내는 것을 넘어서 마수들을 잠깐이라도 물러서게 만들어야만, 공간 왜곡을 발동시키는 게 가능할 것이었다.

"흐아압!"

기합성을 내지르며, 검격을 폭발시키는 이안.

그리고 그 순간.

띠링-!

이안의 눈앞에, 생각지도 못했던 시스템 메시지가 울려 퍼졌다.

-극한의 검술을 성공시켰습니다.

-서머너 나이트의 고유 능력, '바이탈리티 웨폰Vitality Weapon'의 봉인이 해제됩니다.

이어서 이안의 손에 들려 있던 검이 하얀 빛으로 물들었다.

그리고 그와 동시에.

우우웅-!

세 자루의 백색 검이, 이안의 주변으로 솟아올랐다.

루스펠 제국을 일으켜 세웠던 고대의 영웅, '서머너 나이트' 뮤란.

그의 유산은 확실히 대단했지만, 이안에게는 항상 하나의 의문점이 남아 있었다.

그것은 바로 고유 능력 중 하나인, 바이탈리티 웨폰의 효용성에 관한 것이었다.

이안은 그동안 바이탈리티 웨폰의 숙련도를 무척이나 많이 올려 놓았지만, 정작 중요한 실전에서는 제대로 활용한 적이 없었다.

말 그대로 '효율'이 좋지 않았기 때문이다.

'분명 좋은 스킬은 맞는데, 뭔가 애매하단 말이지.'

얼마 전까지 이안이 가진 바이탈리티 웨폰의 스펙은 다음과 같았다.

바이탈리티 웨폰

분류 : 액티브 스킬	스킬 레벨 : Lv. 21
숙련도 : 57퍼센트	
재사용 대기 시간 : 없음	지속 시간 : 15분

서머너 나이트는, 자아Ego를 가진 무기에 한해 생명력을 불어넣을 수 있습니다.
생명력을 얻은 무기에는 각각의 AI가 부여되며, 착용하지 않더라도 전투에 사용할 수 있습니다.
스킬 레벨이 오를수록 무기의 AI가 향상되며, 생명력을 부여할 수 있는 무기의 최대 숫자가 늘어납니다.
*바이탈리티 웨폰의 스킬 레벨이 열 단계 상승할 때마다, 생명력 부여가 가능한 무기의 개수가 한 개 증가합니다.
현재 생명력 부여가 가능한 무기의 수 : 3
*무기의 자아와의 친밀도가 높아질수록, 무기가 가진 더욱 강력한 잠재력을 뽑아낼 수 있습니다.
*???(봉인) : 무기의 최대 잠재력을 끌어내는 데 성공하면, 숨겨진 능력이 개방됩니다.

바이탈리티 웨폰은 말 그대로, 장비에 '생명력'을 불어넣어서 사용하는 스킬이다.

다양한 변수를 만들어 낼 수 있기 때문에, 이안의 전투 스타일에도 잘 맞는 스킬.

그렇다면 이안은, 이 좋은 스킬을 대체 왜 '애매하다'고 느꼈던 것일까?

그 이유는 바로, 무기들의 '인공지능'에 있었다.

'AI가 어떤 면에선 편하긴 한데, 오히려 완벽히 통제가 안 되니까 답답하군.'

스킬의 숙련도가 오를수록 AI의 수준이 향상되기는 하지만, 아무리 그래도 직접 컨트롤하는 만큼의 만족도는 나오지 않았던 것이다.

　현재 이안이 무기들을 컨트롤할 수 있는 것은, 두루뭉술한 명령을 내리는 정도일 뿐.

　괜히 집중력만 분산되고 원하는 만큼의 컨트롤이 나오지 않다 보니, 실전에서 자연히 쓰지 않게 된 것이다.

　하지만 잠겨 있던 봉인이 해제된 순간.

　얘기는 완전히 달라졌다.

　-극한의 검술을 성공시켰습니다.

　-서머너 나이트의 고유 능력, '바이탈리티 웨폰'의 봉인이 해제됩니다.

　-서머너 나이트의 새로운 고유 능력이 개방되었습니다.

　-'일리미터블 스워드' 능력을 습득하였습니다.

일리미터블 스워드

지속 시간 : 120초
재사용 대기 시간 : 360초
서머너 나이트는 검술의 대가입니다.
검의 극한을 깨달은 서머너 나이트는, 하나의 검에 일시적으로 강력한 생명력을 불어넣을 수 있습니다(자아가 없는 검에도 발동이 가능하며, 검 외에 다른 무기에는 발동할 수 없습니다).
생명력을 얻은 검은 더욱 강력한 공격력(+42퍼센트)을 얻게 되며, 동시에 여러 개의 환영을 만들어 냅니다.
다만 복제된 환영들은 자아를 갖지 않습니다.
(소환되는 환영의 숫자는 생명력 부여가 가능한 검의 숫자에 비례합니다.)
(소환된 환영의 위력은, 스킬 레벨×2에 비례합니다.)
(일리미터블 스워드를 발동시키는 동안 다른 무기에 생명력을 불어넣을

일리미터블 스워드는, 쉽게 말해 바이탈리티 웨폰의 '진화' 형태라고 할 수 있었다.

에고 웨폰에 한해 생명력 부여가 가능했던 기존의 고유 능력과 달리 일반 무기에도 발동이 가능하며, 생성된 환영들은 더 강력한 공격력을 갖게 되니 말이다.

다만 '검 외의 무기에는 발동이 불가능하다'는 것과 '자아가 없으므로 AI가 없다'는 단점이 있었는데.

이 두 가지는 이안에게 큰 단점으로 작용하지 않았다.

이안은 원래, 가리는 무기가 거의 없는 혼종이었으니 말이다.

심지어 AI가 없다는 점은, 오히려 이안에게 장점으로 작용하였다.

"다 뒈져 버려라!"

이안의 기합성과 함께, 소환된 세 자루의 검이 사방으로 비산하였다.

그러자 강력한 풍압과 함께, 이안을 둘러싸던 마수들이 그대로 밀려나고 말았다.

콰아아앙-!

그리고 그 틈을 이안이 놓칠 리 없었다.

밀려난 마수들이 정신을 차리기도 전에 이안의 신형이 번쩍이며 사라진 것이다.

"공간 왜곡!"

이어서 이안이 나타난 곳은 모쿠바의 머리 위였다.

콰르릉-!

-마군의 보좌관, '모쿠바' 유저에게 치명적인 피해를 입혔습니다!

-'모쿠바' 유저의 생명력이 전부 소진되었습니다.

-'모쿠바' 유저가 전장을 이탈합니다.

그리고 그것으로, 승리를 위한 첫 번째 단추가 드디어 꿰어졌다.

-천군의 돌격대장 '이안' 유저가 킬 포인트를 획득하였습니다.

결정적인 순간에 바이탈리티 웨폰의 봉인이 해제된 것은 어떤 이유에서일까?

그저 이안의 운이 좋아서일까?

물론 이안의 운이 좋았던 것도 부정할 수 없는 사실이지만, 당연히 '운'만으로 가능한 일은 아니었다.

'검'을 사용한 극한의 컨트롤을 성공시켜야만, 이 봉인이 풀리게 되어 있었으니 말이다.

그렇다면 지금까지는, 이안의 컨트롤이 봉인을 풀기에 부족했던 것일까?

당연히 그것 또한 아니었다.

지금껏 이안이 봉인을 풀지 못했던 이유는, 그저 이안이 검을 사용하지 않았기 때문이었다.

만약 이안이 이 스킬의 봉인을 풀기 위해 조금만 더 머리를 굴려 보았더라면, 이미 봉인을 풀고도 남았을 것이었다.

과거 영웅 뮤란이 어떤 식으로 이 스킬을 사용했는지, 조금만 더 상기해 보았으면 충분히 단서를 잡을 수 있었을 테니 말이다.

여하튼 '일리미터블 스워드'의 발동으로, 절벽 끝까지 내몰렸던 이안과 훈이는 구사일생할 수 있었다.

"정말, 이건 미쳤습니다! 그 극한의 순간에서, 이안갓은 역시 우리의 기대를 저버리지 않는군요!"

"정말 대단해요! 정말 끊임없이 소름을 돋게 만드는 전투인 것 같아요, 하인스 님!"

"그렇습니다. 이 엄청난 전투는, 그리고 우리 한국 서버 유저들의 활약은 전 세계 카일란 유저들이 함께 지켜보고 있을 겁니다!"

비록 공중파 방송이 아니라고는 하지만, YTBC 방송은 제법 인지도 있는 채널이었다.

때문에 평소 하인스는, 방송에서 '이안갓'이라는 표현을 잘 쓰지 않았다.

하지만 오늘만큼은, 두 캐스터 모두 '자제'라는 것을 할 수 없었다.

연달아 미친 활약을 펼쳐 보이며 '신의 말판'이라는 전장 자체를 뒤고 흔드는 이안의 활약에, 이미 취해 버렸기 때문 이었다.

"이제는 정말로 2 : 2의 상황입니다, 여러분."

"루시아 님의 말씀대롭니다! 이젠 정말, '승리'라는 단어를 한번 떠올려 봐도 되지 않나 싶습니다."

놀라운 기지와 폭발적인 실력으로 결국 모쿠바를 처치해 낸 이안은, 결국 궁지에 몰린 훈이를 구하는 데까지 성공하 였다.

카이의 공격으로 거의 죽음 직전까지 몰린 훈이였지만, 어 쨌든 '동수'를 만들어 내는 데 성공한 것이다.

그리고 이쯤 되자, 상황은 달라지기 시작했다.

아직까지도 전력 자체는 마군 진영이 우세하다 할 수 있었 지만, '기세'가 역전되어 버린 것이다.

이안은, 이 기세를 몰아 훈이와 함께 카이를 압박하기 시 작했다.

"서먼 인카네이션Summon Incarnation!"

서머너 나이트의 또 다른 고유 능력, '서먼 인카네이션'이 발동되었다.

그러자 카이를 향해 달려들던 이안의 그림자가 세 개로 분리되었다.

"……!"

검을 휘둘러 이안에 맞서려던 카이는, 순간적으로 목표물이 사라지자 중심을 잃을 뻔하였다.

하지만 재빨리 자세를 바로잡으며, 이안의 검을 막기 위해 고유 능력을 발동시켰다.

"유령보幽靈步!"

유령보는 카이가 자주 사용하는 유틸 계열의 스킬이었다.

순간적으로 다섯 걸음을 일시에 움직여, 마치 '블링크' 계열의 스킬처럼 활용할 수 있는 능력이었으니 말이다.

하지만 이미 유령보의 존재를 알고 있던 이안은, 곧바로 분신을 이동시켜 카이의 퇴로를 차단해 버렸다.

까강- 까가강-!

연신 불을 뿜어 대는 이안의 검'들'을 보며, 카이는 속으로 헛웃음을 지을 수밖에 없었다.

'진짜 환장하겠군.'

지금 카이는, 총 아홉 자루의 검을 상대해야 하는 상황이었다.

일리미터블 스워드로 세 자루의 검을 만들어 낸 이안이 분신술까지 사용했으니, 검의 숫자는 총 아홉 개가 되어 버린 것이다.

'좋아, 한번 해 보자는 거지?'

정신없이 짓쳐 드는 이안의 검격을 보며, 카이는 빠르게 양 손을 교차시켰다.

그러자 카이의 주변으로, 순간 강렬한 폭발이 터져 나갔다.

"폭렬검暴熱劍!"

콰콰쾅-!

폭발로 인해 이안의 분신들은, 한 걸음씩 뒤로 밀려날 수밖에 없었다.

캐스팅 없이 발동하는 기술인만큼 위력 자체는 강하지 않았지만, 넉백 효과는 제대로 적용된 것이다.

그리고 다음 순간.

"환영무인幻影武人!"

어디선가 류첸의 목소리가 들려오더니, 붉은 빛이 카이의 전신을 휘감았다.

이어서 카이의 신형은 마치 이안의 서먼 인카네이션처럼, 세 개로 분리되었다.

카이는 분신술 계열의 고유 능력을 가지고 있지 않다.

하지만 진법과 환영 계열의 마법을 구사하는 '주술사'인 류첸에게는, 아군을 복제할 수 있는 고유 능력이 있었다.

그리고 재미있는 것은, 그 복제된 아군의 통제권이 류첸이 아닌 대상에게 귀속된다는 점이었다.

간단히 말해 지금 이안과 카이는 거의 유사한 상황에서 맞대전을 펼치고 있는 것이었다.

쾅콰- 콰콰쾅-!

연달아 폭음이 울려 퍼지며, 이안과 카이의 분신들이 쉴 새 없이 뒤엉킨다.

그리고 그들 뿐 아니라 훈이와 류첸 또한, 계속해서 분주히 싸우고 있었다.

이안과 카이의 전투는 그야말로 '용호상박'이었고, 때문에 둘의 서포팅이 어떻게 들어가느냐에 따라 유불리가 계속해서 역전되는 것이다.

"사실 이만큼 싸움이 되는 것도 이안과 훈이의 퓨전 클래스 덕분이겠지."

스크린으로 최후의 전투를 지켜보던 나지찬이 나직한 목소리로 중얼거렸다.

최근에 이안이 이렇게까지 밑천을 다 털어 내며 치열하게 싸운 적이 없었기 때문에, 나지찬의 눈은 초롱초롱하기 그지없었다.

"객관적인 전력은 확실히 카이와 류첸이 우세. 하지만 팀워크와 시너지는 이안과 훈이가 월등하군."

나지찬이 말하는 '전력'이란, 단순히 유저의 실력을 말하는 것이 아니었다.

유저의 실력과 현재 게임 내에서의 스텟, 그리고 직업의 상성 관계까지.

이 모든 것을 복합하여 판단했을 때, 마군 진영이 아직까지도 유리하다는 이야기였다.

다만 훈이와 이안의 시너지가 워낙 좋기에, 그 차이를 메우고 있는 것뿐이었다.

─어둠이 내린다…….

이제는 이안의 트레이드마크 중 하나가 된, 외모와 어울리지 않게 묵직하고 웅장한 카카의 목소리.

그 목소리를 들은 나지찬은 씨익 웃으며 고개를 끄덕였다.

"이제 양쪽 모두 나올 건 다 나왔고……. 어떻게든 결론이 날 때가 되었군."

마치 수비는 생각지 않는 스매싱랠리Smashing rally처럼, 미친 듯이 서로를 향해 공격을 퍼부어 대는 네 명의 랭커들.

하지만 그 어떤 랠리에도, 결국 '끝'이란 존재하는 법이었다.

한국 서버의 경우, 마계와 인간계의 전력을 비교해 보면 인간계가 확연한 우위라고 할 수 있었다.

랭커들의 실력도 실력이지만, 로터스 길드와 타이탄 길드의 세력이 너무 압도적이었기 때문이다.

하지만 모든 서버가 그런 것은 아니었다.

당장 메인 서버 중 한 곳인 미국 서버만 보더라도, 인간계보다 마계가 좀 더 강력한 세력을 형성하고 있었다.

그것은 1, 2위의 전사 클래스 랭커인 카이와 랄프의 격차만 봐도 알 수 있었다.

카이와 랄프의 랭킹 차이는 고작 1랭크였지만, 전투력 차이는 어마어마했으니 말이다.

그리고 바로 지금.

직접 카이와 검을 맞대고 있는 이안은 그러한 부분을 피부로 느낄 수 있었다.

'강하다. 이놈은 진짜야!'

카이와 공방을 이어 갈수록, 이안은 그에게 조금씩 밀리는 느낌을 받고 있었다.

그리고 이것은, 어쩌면 당연한 부분이었다.

검술과 관련된 어떠한 액티브 스킬도 없는 이안이 전사 클래스인 카이를 상대로 소환수의 도움 없이 이기려면 정말 압도적인 실력 차이를 보여야 하니 말이다.

하지만 지금껏 대부분의 전사 클래스를 대인전으로 이겨 왔던 이안에게는, 이것이 나름 생소한 경험일 수밖에 없었다.

'샤크란 아재랑 제대로 붙어 본 적은 없지만, 싸워 보면 이런 느낌이려나? 아니, 어쩌면 이 녀석이 더 강할지도 모르

겠어.'

지금 이안의 소환수들은 훈이와 함께 루첸을 상대하는 중이었다.

훈이가 루첸보다 훨씬 생명력이 많이 빠져 있는 상태였기 때문에, 소환수들을 전부 그쪽에 붙여 준 것이다.

그리고 이안의 원래 계획은, 훈이와 소환수들이 루첸을 상대로 버티는 사이 어떻게든 1:1로 카이를 제거하는 것이었다.

카이를 제거한 후 훈이와 협공하여 루첸을 처치한다면, 깔끔한 승리가 될 것이니 말이다.

하지만 카이의 전투력이 생각보다 뛰어나다는, 치명적인 변수가 발생하고 말았다.

그리고 지금은 만용을 부릴 때가 아니었다.

'계획을 바꿔야겠어.'

까강- 콰-!

카이의 검격을 강하게 쳐 낸 이안이, 그 반동을 이용해 후방으로 몸을 날렸다.

이어서 또 한 번 공간 왜곡을 사용하여, 허공을 날던 핀과 위치를 바꿨다.

"……!"

그리고 이안의 돌발 행동에, 카이는 당황한 표정이 되었다.

지금껏 나름 대등한 싸움이었기에, 이안이 갑자기 빼리라고는 생각지 못한 것이다.

"어딜 도망가는 거냐!"

순간적으로 몸을 돌린 카이가, 곧바로 허공을 향해 뛰어올랐다.

그러자 카이의 신형이 까만 그림자가 되어 어디론가 빨려 들어갔다.

이안을 쫓기 위해, 반사적으로 유령보를 발동시킨 것.

하지만 공간 왜곡으로 인해 단숨에 벌어진 거리를 좁히는 것은 무리였다.

게다가 이안의 위치는, 본래 핀이 날고 있었던 높은 허공.

전사 클래스인 카이가 따라가기에는, 무리가 있는 위치인 것이다.

반면에 하늘 높이 순간 이동된 이안은, 곧바로 '하르가수스'를 소환하였다.

키히이이잉-!

이안의 손에는, 어느새 화염의 장궁이 들려 있었다.

피핑- 핑- 핑-!

'기습으로 단숨에 류첸의 목을 따야 해.'

제법 탱킹 능력도 갖춘 카이와는 달리, 마법사인 류첸의 방어력과 생명력은 종잇장 수준일 것이었다.

제대로 된 기습이라면, 분명 그를 아웃시킬 수 있을 것이다.

그리고 이 기습이 성공하기 위해선, 지금 류첸을 지키고 있는 수비형 진법들을 일시에 파괴해야만 하였다.

'스킬을 어떻게 조합해야 완벽히 방어선을 뚫을 수 있을까?'

하르가수스를 타고 하강하는 그 찰나간의 사이, 이안의 머릿속을 수십 가지 경우의 수가 빠르게 훑고 지나갔다.

이어서 다음 순간…….

'그래, 이거라면……!'

이안은 뭔가를 떠올린 것인지, 오른손을 번쩍 치켜들었다.

이안은 평소에 파티 플레이를 그리 좋아하는 편이 아니다.

길드 단위로 던전을 공략하거나 전쟁에 참전할 때를 제외하고는, 대체로 솔플보다 효율이 떨어지니 말이다.

하지만 단 한 명.

훈이와의 듀오만큼은, 이안도 마다하는 법이 없었다.

모든 카일란 유저들 중 이안과 가장 합이 잘 맞는 유저가 훈이이며, 클래스 차원에서의 시너지도 가장 뛰어났기 때문이었다.

이안이 이 최후의 전투를 시도해 볼 수 있었던 이유 또한, 함께할 수 있는 수비대장이 누구도 아닌 훈이였기 때문이었다.

"훈아, 태엽 감아!"

"알겠어!"

급박한 전투 속에서, 구체적인 오더를 주고받을 여유는 사실 없는 것이나 마찬가지였다.

하지만 이안과 훈이는, 눈빛과 제스처, 혹은 간단한 한두 마디만으로 서로의 의도를 파악할 수 있었다.

간단한 수준의 의사소통뿐 아니라, 제법 복잡한 작전까지도 말이다.

─수비대장 '간지훈이'가 '어둠의 시계태엽' 마법을 캐스팅합니다.

어둠의 시계태엽은, 특정 대상의 '시간'을 임의로 컨트롤하는 마법이다.

시전자가 마법을 캐스팅하는 시간에 비례하여, 대상의 '시간'을 조절할 수 있게 되는 마법.

시전자는 최대 10초까지 태엽을 감을 수 있는데, 만약 태엽을 전부 감는다면 대상의 시간이 5초 이전으로 돌아오게 된다.

때문에 이 스킬은, 보통 생존 스킬로 많이 사용되었다.

죽기 직전인 아군의 시간을 되감아 위기에서 구해 낼 수 있으니 말이다.

하지만 이안은, 지금 이 시계태엽 마법을 생존용으로 사용하려는 게 아니었다.

무지막지한 내구력을 가진 류첸의 방어진들을, 단숨에 부수기 위해 사용하려는 것이었다.

'9······ 8······ 7······ 지금!'

훈이의 캐스팅 시간을 측정하던 이안이, 돌연 소환 마법을 발동시켰다.

우웅-!

그리고 이안의 마법이 발동되자마자, 어마어마한 몸집을 가진 거인이 모습을 드러내었다.

쿵-!

그는 바로 전투 초반에 소환 해제했었던, 이안의 비밀병기 중 하나인 토르!

전장의 한복판에 소환된 토르는, 들고 있던 거대한 망치를 그대로 치켜 올렸다.

그워어어-!

-소환수 '토르'의 고유 능력, '파괴의 망치질'이 발동합니다.

-소환수 '토르'의 방어력이 일시적으로 200퍼센트만큼 증가합니다.

이어서 토르의 망치를 향해 강렬한 황금빛 물결이 빨려 들어가기 시작했다.

콰아아아-!

손에 땀을 쥔 채 방송을 시청하던 나지찬의 미간이 살짝 좁아졌다.

'뭐지? 이번엔 될 거라고 생각하는 건가?'

그가 보기에 이안은 분명, '파괴의 망치질'로 방어진을 부수려는 시도를 하는 것이었다.

방어진은 성벽과 같은 '무생물' 타입의 물질로 만들어져 있었고, 때문에 파괴의 망치질 대미지가 추가로 강력하게 들어갈 것이니 말이다.

성벽이나 방어타워, 혹은 무속성의 실드와 같은 대상에 50~500퍼센트의 랜덤한 추가 피해를 입히는 파괴의 망치질.

물론 해 봄직한 시도였고, 이안이 할 수 있는 최선의 시도라고 할 수도 있었다.

하지만 문제가 하나 있었다.

'이미 첫 시도에서 실패했다는 거지.'

사실 이안은 이미 전투 초반에, 이 비슷한 전략을 시도한 적이 있었다.

그리고 이안이 의도한 대로 방어진에 강력한 피해를 입히는 데에도 성공했었다.

문제는 방어진이, 망치질 한 번에 깨어지지 않았다는 점.

오히려 후폭풍으로 사망 직전까지 몰린 토르를 이안이 소환 해제하였던 것이다.

'그런데 다시 시도한다는 것은 도박이라도 하려는 건가?'

파괴의 망치질에 부여되는 추가 피해량은 앞에서도 언급했지만 50~500퍼센트라는 넓은 범위를 가지고 있었다.

그렇기 때문에 만약 500퍼센트에 가까운 한계 계수가 터지기라도 한다면, 이번에는 방어진을 부술 수 있을지도 모른다.

나지찬이 '도박'이라고 한 것은 이안이 운 좋게 높은 계수가 터지길 바란다고 생각했기 때문.

'이런 류의 도박은 이안 스타일이 아닌데…….'

하지만 나지찬은 아무리 머리를 굴려 보아도, 이것 이상의 무언가가 떠오르지 않았다.

때문에 호기심 가득한 눈으로 스크린에 더욱 집중하였다.

망치의 차징이 끝나는 5초 뒤에, 어떤 일이 벌어질지 궁금했던 것이다.

그리고 잠시 후.

쾅- 콰아앙-!

거대한 폭음과 함께, 토르의 망치가 방어진의 결계를 향해 떨어져 내렸다.

그것을 확인한 나지찬은 쓴웃음을 지었다.

방어진에 어마어마한 대미지가 들어가기는 했지만, 이번에도 무너지지 않은 것이다.

'역시, 한 번 실패한 시도가 지금에 와서 될 리가…….'

하지만 나지찬의 실망도 잠시.

"……!"

분명히 떨어져 내렸던 토르의 망치가 또다시 번쩍 들어 올려져 있었고…….

콰콰쾅-!

이어서 한 번의 망치질이 추가로 방어진을 향해 떨어져 내렸다.

쿠구구웅-!

"이게 대체······!"

경악한 나지찬의 입이 어느새 쩍 하고 벌려져 있음은 물론이었다.

토르의 망치가 최대치의 위력을 만들어 내기 위해서는, 5초라는 차징 시간이 필요하다.

그리고 훈이의 시계태엽은 최대 5초의 시간을 되돌릴 수 있다.

이안이 이용한 것은, 바로 이 부분이었다.

'망치가 떨어져 내리자마자 태엽을 감아 버리면, 연속해서 두 번의 망치질을 할 수 있을 거야.'

망치가 떨어져 내려 대미지가 들어간 직후에 5초의 시간을 되감아 버리면 자연히 토르의 망치는 차징 이전으로 되돌아오게 된다.

이러면 15분이라는 재사용 대기 시간을 무시하고, 두 번의 망치질이 연달아 떨어지게 되는 것이다.

콰콰쾅-!

그리고 이안의 이 전략은, 여지없이 성공했다.

쩌정- 쩌저정-!

마치 철벽처럼 류첸의 주변을 지키고 있던 핏빛의 방어막들이, 일제히 터져 나갔으니 말이다.

이안은 이 기회를 놓치지 않고, 하르가수스의 등에서 그대로 도약하였다.

그리고 그와 동시에, 이안은 또다시 활시위를 잡아당겼다.

류첸이 다시 방어진을 생성하지 못하도록 그의 마법 캐스팅을 끊어 버린 것이다.

피핑- 피피핑-!

이어서 바닥으로 떨어져 내리는 이안을 향해 한 마리의 흑기린이 맹렬한 속도로 날아들었다.

"까망이, 어둠의 날개!"

푸릉- 푸르릉-!

어둠의 날개는 광역 공격 스킬이기도 하지만, 그와 동시에 먼 거리를 한 번에 이동할 수 있는 돌진기이기도 했다.

때문에 이안은, 까망이의 등에 올라타 류첸을 향해 쇄도하였다.

쐐애애액-!

그리고 그런 그의 뒤로, 날개를 펼친 카르세우스와 뿍뿍이가 흉포하게 날아올랐다.

크롸아아-!

캬아아오!

이어서 전방을 향해 입을 쩍 벌리는, 두 마리의 거대한 드래곤!

콰아아아-!

둘은 전방을 향해 동시에 브레스를 뿜어내었고, 이안의 앞을 막아서려던 환영의 마수들은 그대로 밀려나거나 녹아내릴 수밖에 없었다.

덕분에 아무 방해 없이 단숨에 류첸의 앞까지 도착한 이안이, 넣어 두었던 검을 꺼내 들며 그대로 그를 향해 뛰어내렸다.

콰콰쾅-!

마치 톱니바퀴가 맞물리듯 그림같이 맞아떨어지는 이안의 연계 플레이.

그리고 이 완벽한 공격을, 류첸이 막아 낼 수 있을 리 만무했다.

"크으윽⋯⋯!"

세 자루의 환영검에 무자비하게 몸이 꿰뚫린 류첸은, 그대로 전장 밖으로 아웃될 수밖에 없었다.

-마군의 수비대장, '류첸' 유저에게 치명적인 피해를 입혔습니다!

-'류첸' 유저의 생명력이 전부 소진되었습니다.

-'류첸' 유저가 전장을 이탈합니다.

결국, 불가능해 보였던 두 번째 킬까지 만들어 낸 이안.

−천군의 돌격대장, '이안' 유저가 킬 포인트를 획득하였습니다.

'해냈어!'

이안은 저도 모르는 사이, 두 주먹에 불끈 힘을 주었다.

이론상으로나 가능할 법한 연계 공격을 성공시키자, 온 몸에 짜릿한 희열이 느껴진 것이다.

하지만 그것도 잠시.

이안의 눈앞에, 또 다른 메시지가 떠오르고 말았다.

−마군의 대장군 '카이' 유저가, 천군 수비대장 '간지훈이' 유저를 처치하였습니다.

−'간지훈이' 유저가 전장을 이탈합니다.

−마군의 대장군, '카이' 유저가 킬 포인트를 획득하였습니다.

'신의 말판' 전장의 게임 방송은, YTBC의 채널에서 공개적으로 중계되고 있었다.

하지만 모든 유저들이 YTBC의 방송을 통해 방송을 시청 중인 것은 아니었다.

오히려 수많은 이안의 열성팬들은, TV가 아닌 인터넷을 통해 방송을 즐기고 있었다.

방송이 스트리밍되는 커뮤니티의 채널에 접속하여 방송을

시청하면, 좀 더 많은 사람들과 함께 방송을 즐길 수 있었으니 말이었다.

그리고 그것은, 해외 서버 또한 마찬가지였다.

해외 또한 각국의 대표적인 게임 방송사를 통해 방송이 송출되고 있었지만, 많은 유저들이 인터넷에서 함께 방송을 시청하고 있었던 것이다.

이안을 비롯한 랭커들의 컨트롤을 찬양하며, 거의 '광기'에 가깝게 방송에 열광하는 카일란 팬들.

특히 그 가운데서도, 이안은 정말 신적인 존재로 추앙받고 있었다.

신의 말판 전장에서 그가 보여 준 행보 하나하나가 수많은 카일란 팬들의 심금(?)을 울렸기 때문이었다.

-이안갓은 카일란의 신이 분명해. 그게 아니라면 저런 컨트롤이 가능할 리 없다고!

-오오……. 찬양합니다, 이안갓. 내일 영지전 무조건 이겨야 되는데, 부디 은총을 내려주소서…….

-난 내일 바로 캐릭터 초기화해야겠어. 대체 난 왜 지금까지 소환술사라는 갓 직업을 두고 쓰레기 같은 마법사를 하고 있었던 거지?

-레벨 25짜리 마법사가 할 말은 아닌 것 같은데, 친구.

-시끄러. 어쨌든 난 마법사 때려치우고 소환술사로 갈아탈 거라고.

-내가 볼 땐 소환술사가 갓직업이 아니고 이안이라는 클래스가 따로

있는 것 같은데…….

그런데 그 광기 어린 찬양일색의 채팅들 속에서 가끔 이안을 찬양하지 않는 몇몇 유저들이 보이기도 했다.

그들은 심지어, 이안을 증오하는 듯 보이기도 했다.

 -갓뎀, 역시 저 녀석이 맞았어!

 -내가 뭐랬어? 처음부터 수상하댔잖아. 후우…….

 -뭘 말하는 거야 브로들. 너희 언제 이안 만난 적 있어?

 -있지. 아마 너도 만난 적 있을걸?

 -음……?

 -정령의 도장 9층. 아직까지 버티고 서 있는 그 수문장 자식 기억 안 나?

 -미친! 설마 9층 그 통곡의 벽 얘기하는 거냐?

 -그렇다니까. 거기 그놈이, 역시 이안 놈이 확실해.

 -젠장, 내가 지금까지 저놈한테 바친 영웅 점수가 대체 몇 점인 거지?

 -후, 카이 형님, 제발 저놈 때려잡고 정의 구현 좀……!

어쨌든 이 수많은 전 세계 팬들의 관심 속에서 신의 말판 최후의 전투는 절정을 향해 치닫고 있었다.

한 장면, 한 장면, 실망스러운 부분이 없는, 그야말로 최고의 영상미를 뿜어내며 말이다.

그리고 이 전투의 끝에 대전장을 밟고 선 사람은 결국 이 안과 카이, 두 사람뿐이었다.

쉴 새 없이 채팅하던 시청자들도 일시에 조용해졌다.

이 전장의 클라이맥스를, 1초도 놓치지 않고 눈에 담고 싶었으니 말이다.

대전장의 한복판에서 마주 검을 겨눈 이안과 카이.

잠시간의 침묵을 깨고, 카이의 입이 먼저 천천히 떨어졌다.

"결국 이렇게 되었군, 이안."

"뭐가 말이지?"

저벅저벅.

대검을 살짝 아래로 늘어뜨린 카이가, 천천히 이안을 향해 걸음을 옮겼다.

그리고 그와 동시에, 카이의 말이 다시 이어졌다.

"이 전장이 결국. 너와 나, 두 사람의 전장이 되었다는 말이다."

하지만 이안은, 카이의 말에 곧바로 대꾸하지 않았다.

그저 피식 웃어 보일 뿐이었다.

"왜 웃는 거지?"

카이의 물음에, 이안은 다시 실소를 터뜨렸다.

잠시 자리에 멈춰, 이안의 대답을 기다리는 카이.

그리고 곧, 이안이 나직한 목소리로 입을 열었다.

"이 전장에 지금, 우리 둘만 있다고 생각해?"

이안의 말이 끝나자, 그의 뒤에 있던 소환수들이 천천히 앞으로 걸어 나왔다.

크르릉-!

그에 카이는, 고개를 저으며 다시 입을 열었다.

"아니, 소환수들이야……. 뭐, 너의 일부나 마찬가지니까."

저벅- 저벅-.

다시 적막이 휩싸인 전장 안에, 묵직한 발소리만이 고요하게 울려 퍼진다.

조금 달라진 점이 있다면, 이제는 이안 또한 마주 걷고 있다는 점.

잠시 후. 도약하면 닿을 정도로 거리가 가까워지자, 두 사람은 동시에 자리에 멈춰 섰다.

"마지막이다, 이안. 최선을 다해서 네놈을 내 앞에 꿇려 보도록 하지."

스르릉-!

카이는 늘어뜨려 놓았던 대검을 치켜들어, 이안을 향해 겨누었다.

하지만 그런 카이를 보며, 이안은 빙긋 웃어 보일 뿐이었다.

"미안하지만 오늘은 날이 아닌 것 같은데."

우우웅—!

이안이 입을 떼자마자, 들고 있던 그의 검에서 찬란한 백색 광휘가 뿜어져 나오기 시작했다.

그리고 그것은, 종전처럼 세 개의 검영劍影을 만들어 내며 이안의 주변에 떠올랐다.

이안의 자신감 넘치는 표정을 본 카이는 묘한 표정이 되었다.

물론 이 전투를 여기까지 끌고 온 이안이 대단하다는 것은 인정했지만, 지금의 자신감은 이해할 수 없었기 때문이었다.

'대체 뭘 믿는 거지? 이제 생명력도 얼마 남지 않았을 텐데.'

하지만 그러한 생각도 잠시뿐.

카이는 더 이상 시간을 끌 생각이 없었다.

방금까지 모든 힘을 쏟아부은 이안은 지쳐 있었고, 그런 그에게 숨 고를 시간을 줄 필요는 없었으니 말이다.

"유령보!"

카이의 입이 떨어지자마자, 그의 그림자가 어둠 속으로 또다시 빨려 들어갔다.

이제 이안과의 거리는, 그야말로 검을 뻗으면 닿을 정도.

이어서 카이는, 전력을 다해 대검을 휘둘렀다.

아니, 휘두르려고 하였다.

"……!"

하지만 카이는 그럴 수 없었다.

어떻게 된 일인지, 몸이 움직이질 않았기 때문이었다.

"이게 대체……!"

이어서 당황한 카이의 귓전에, 믿을 수 없는 목소리가 들려왔다.

-어둠의 속박!

분명히 자신의 검에 쓰러졌던, 훈이의 목소리가 들려온 것이다.

뭔가 조금 더 음침한 듯하기는 했지만, 이것은 분명히 훈이의 목소리.

카이는 너무도 당황한 나머지 헛바람을 들이켰고, 이안의 목소리가 다시 들려왔다.

"오늘은 내가 이긴 것 같군."

위이잉-!

이안의 신형이 흐트러지는 듯하더니, 순식간에 세 갈래로 나뉘어 카이의 주변을 둘러쌌다.

이어서 허공에 떠오른 아홉 자루의 검이, 일제히 카이를 향해 쇄도하였다.

콰쾅- 콰콰쾅-!

그리고 그것으로…….

"크허어억-!"

길었던 신의 말판 최후의 전투가 막을 내렸다.

-마군의 대장군, '카이' 유저에게 치명적인 피해를 입혔습니다!

-'카이' 유저의 생명력이 전부 소진되었습니다.

-'카이' 유저가 전장을 이탈합니다.

고오오오-!

어두운 먹구름으로 뒤덮여 있던 전장의 하늘이 양 갈래로 갈라지며, 새하얀 빛줄기가 이안을 향해 쏟아져 내린다.

-천군 진영의 돌격대장 '이안'이 마군 대장군 '카이'를 처치하였습니다.

-천군의 돌격대장 '이안' 유저가 킬 포인트를 획득하였습니다.

-마군 진영의 대장군이 패전하였습니다.

-대장군이 패전하였으므로, 전투가 종료됩니다.

떠오르는 메시지들을 확인한 뒤, 번쩍 검을 치켜드는 이안.

이어서 이안의 눈앞에, 그에게만 보이는 한 줄의 시스템 메시지가 추가로 떠올랐다.

-'전설의 시작' 업적을 달성하셨습니다.

그리고 이것이, 세계 무대를 향한 이안의 '첫걸음'이었다.

to be continued

200평 초대형 24시 만화방

수면실 (침대식) ── 사우나석

다인석 ── 샤워실

세탁기 ── 신간100%

📖 수원 인계동점

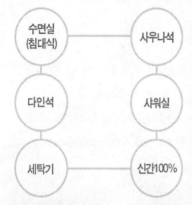

TEL : 031-226-3771
수원시 팔달구 인계동 1041-11 3층 24시 만화방

📖 의정부점

TEL : 031-856-3971
경기도 의정부시 의정부동 197-13 3층

📖 주안점

TEL : 032-426-2871
인천광역시 주안남부역 지하상가 4번 출구 GS25시 건물 6층

📖 안양점

TEL : 031-466-3771
경기도 안양시 안양동 674-163 조이당구장건물 2층